BBN
B●BOY NOVELS

告白は花束に託して

遠野春日

この物語はフィクションであり、実在の人物・団体・事件等とは、いっさい関係ありません。

CONTENTS

告白は花束に託して

1

恋など愚《おろ》か者のすることだ。

ティーンエイジャーの頃からジーンはそんなふうに冷めていた。

誰かを好きになるや、他のことが何も手につかなくなって、我を忘れてのめり込む――級友たちのそういった浮かれ具合を見るにつけ、ジーンは密《ひそ》かに軽蔑《けいべつ》していた。相手の言葉や態度のひとつひとつに一喜一憂し、些末《さまつ》なことで悩んだり気を揉《も》んだりうじうじしたりするのが、どうにも不様で滑稽《こっけい》に思えるのだ。普段はなんでもできて理知的な憧れの先輩も例外ではないと知ったとき、ジーンは激しく失望した。

自分だけは決してそうなるまい。

誰かと付き合うにしても、相手から常に一歩退《ひ》いて距離を保てばいいのだ。

そうすれば下手《へた》に嫉妬《しっと》を感じて悶《もだ》え苦しむこともなく、気持ちのいいことだけ共有し、飽《あ》きたら別れるというクールな関係でいられる。

ジーンにはそれが実にスマートで、理想的な恋愛だと思えた。

だから、ハイスクール時代に初めて同性の先輩に抱かれ、自分の性癖に気づかされて以降、付き合う相手は同じ価値観の男ばかりだった。

それこそ、とっかえひっかえ、いろいろな男と付き合っては別れ、付き合っては別れと繰り返してきたものだ。大学の助教授、シナリオライター、カメラマン、エグゼクティブなサラリーマンたちといったように、いずれもそれなりの地位にあり、金と才能に恵まれた一級の連中が、常に相手だった。中には妻子持ちもいたが、ジーンはまったく構わなかった。むしろ、妻とは別れるから俺に本気になってくれ、などと言い出されたら、かえって鬱陶《うっとう》しく感じてきて、ジーンから別れ話を切り出したくらいだ。

恋愛関係で泥沼に嵌《はま》り、精神的にぼろぼろになるのはごめんだ、という姿勢を貫いてきたおかげか、ジーンは相手を傷つけることはあっても、傷つけられたことはなかった。プライドが人並み以上に高いため、飽きてきたな、雲行きが怪しくなってきたなと感じると、相手が別れ話を切り出す前に自分から言ってしまう。別れても次の相手に不自由したことはなく、どんな立派な男だろうと惜《お》しいとは思わなかった。

——都筑《つづき》と知り合うまでは。

ジーンは社長室に花を生けた花瓶《かびん》を運んできて、広々としたエグゼクティブデスクの上に飾られた写真立てに目を走らせ、胸の奥から込み上げる苦々しい気持ちを嚙《か》み殺した。

中身の写真はつい先週差し替えられたばかりだが、いずれにせよジーンの神経を逆撫《さかな》でする不快なものであることに変わりはない。以前のものは、桜の樹を背景に肩を並べて仲睦《なかむつ》まじげな様子で写った、都筑とその恋人の写真だった。今年の春、都筑が仕事の関係で日本を訪れた際、逗《とう》留先《りゅうさき》のホテルで知り合い、僅《わず》か三週間ほどの間に離れがたくなるほど入れ込むようになったという相手だ。真面目《まじめ》だけが取り柄の、いかにも育ちのよさそうなお坊ちゃんといった雰囲気の日本人で、名前は基《もとい》。

最初ジーンは信じられなかった。

仕事人間で、興味の大半は自分の興《おこ》した会社を発展成長させ、貪欲《どんよく》に事業を拡大させていくことだったはずの都筑が、よりによって東京のホテルに勤める基に真剣になるとは、あまりにも予想外だ。

ジーンが都筑の秘書を務めるようになったのは三年ほど前からだが、社長と秘書の関係を超えたのはそれから一年半後のことだった。社運をかけたプロジェクトを成功に導くため、昼夜を問わず奔走《ほんそう》していた都筑をサポートし、休みも取らずに一緒に行動していたジーンに、都筑も特別な情を持ったのだろう。途中、計画が暗礁《あんしょう》に乗り上げかけ、帰宅する間も惜しんで会社に詰めていたとき、疲労困憊《こんぱい》していた都筑をジーンから誘い、寝た。

終わったあと都筑は後悔していたが、ジーンの「わたしは自分がしたかったからボスを誘っただけです」という言葉に、どうにか心と体の折り合いをつけ、自分を納得させたようだ。

プロジェクトが無事成功を収めたことを祝した打ち上げのパーティーを、社内の大会議室で開催し、関係者全員が無礼講で騒いだ夜、今度は都筑の方からジーンを誘ってきた。たぶん、正念場を乗り越え、またひとつステップアップできたことで、都筑もかなり高揚していたのだろう。

以来、気が向けば誘い合って寝るようになっていた。

好みや理想、そして相性で言うならば、都筑はそれまで付き合ってきたどの男より、ジーンを満足させた。都会的でインテリジェントな面と、剛胆で精力的な面に加え、ジムで鍛《きた》えた見事なボディ、そして精悍《せいかん》な美貌《びぼう》といったように、およそ欠けたところが見当たらない。おまけに恋だ愛だといった甘ったるい感情を求めない都筑は、ジーンにとってこれ以上考えられない相手と言えた。

きっとこのまましばらくは、都筑と後腐《あとくさ》れのない関係を続けるだろう。そのうち飽きたら、いつもの通り自分から離れればいい。ジーンはそう思っていた。よもや、都筑に本気の相手ができて、たとえそれが飛行機で十二時間もかかるほど遠く離れた場所にいてめったに会えないのだとしても、身近にいるジーンと体だけの関係を持つ気はないと決意するとは、あまりにも意外すぎた。都筑はもっと割り切った恋愛感覚をしているのかと思い込んでいたのだ。ジーンがそうであるように。

どこがいいのだろう、こんな何も知らなさそうな、素直だけが取り柄のような男。

ジーンは写真の中にいる、ほっそりした柔和《にゅうわ》な顔立ちの基を、冷めた視線で見つめた。

背景に写っているのはハイヤネスにある都筑の別荘だ。しっかりとカメラに向けられた目線が、それを構える都筑への愛情に満ちている。幸せで幸せでたまらないといった気持ちがそのまま表情に出ていて、見るたびにジーンの胸をむかむかさせた。

確かに都筑の好きそうな、品のいい綺麗な顔はしている。さりげない仕草《しぐさ》にも優雅さがあり、さぞや周囲に可愛《かわい》がられて何不自由なく育てられたのだろうと感じさせられる。だが、しょせんそれだけではないか。

きっとセックスなら、基よりジーンの方がうまい。ジーンには、自分とのセックスが都筑を満足させていた自信がある。

しかし、今や都筑は基に夢中なのだ。

先月、基と仲のいいフラワーアーティストに嫉妬して、心ならずも基を苦しめたぶんを取り戻すかのように、僅かな暇を見つけてはデートしている。一度は怒ってキャンセルすることになった別荘にも、基が再来してすぐ連れていったようだ。

ジーンも以前都筑と寝たことのあるあの大きなベッドで……と想像すると、無性に心が苛立《いらだ》った。

いっそ、あの熊が本当に基を奪ってくれたら、こんな落ち着かない気分にならずにすんだのに。

態、と胸の内で西根《にしね》を思い出した途端、ジーンはまたもや別の意味でそわそわし始めた。

今夜あたりまた連絡してくるつもりではないだろうか、西根は。根拠もなくそんな予感が頭を掠《かす》める。

無精髭《ぶしょうひげ》など生やした、むさ苦しく無遠慮な男。あの顔を見て、誰が西根をフラワーアーティストだなどとわかるだろう。

西根恭平《きょうへい》のことを考えるとき、ジーンはいつもこんなふうに悪態をつく。

そもそもジーンが西根と知り合ったのは、基と関わりになったからだ。

一度都筑に誘われ、三人でランチをした。一度日本に帰国する基を空港まで見送りに行った帰りのことだ。何を思ってか西根は、そのとき以降ジーンにうるさく構ってくる。そもそものきっかけは、その食事の帰り、住んでいる場所が近くだとわかって西根の車に乗ったことだ。「ちょうどいい。送ってもらえ」と都筑に言われ、西根もやぶさかでなさそうだったため、そうすることになった。今までならば絶対に都筑が送ってくれていたところだが、都筑もそろそろ、少しジーンと距離を置いて接した方がいいと思ったらしい。基のためというのが一番の理由だろうが、ジーン自身の気持ちがまだ完全に収まりきっていないのを見越してのことでもあるようだった。

お世辞にも綺麗とは言い難い古い型のステーションワゴンに乗せられ、アパートメントまで送っていってもらう道すがら、問われるままに携帯電話の番号を教えた。さらっと早口に一度いったきりで、ステアリングを握っていた西根はもちろんメモなど取らなかった。わざわざ聞いておきながら失礼な人だ、とジーンはここでも早速《さっそく》むっとしたのを覚えている。

しかし、西根はちゃんとその番号を暗《そら》で記憶していたらしい。

数日後にちょうどオフィスを出たところで電話が鳴り、出てみると西根で驚いた。

今から会えないか、と言う。

ずいぶん唐突で強引な誘いだと眉《まゆ》を顰《ひそ》めたが、週末で、まっすぐ帰ってもすることもなく暇なだけだったこともあり、付き合ってやるのだ、という高慢な気持ちでOKした。

もしかすると、ベッドも込みの誘いだろうか。

ハイスクール時代から男ながらに綺麗だ綺麗だと褒《ほ》めそやされてきて、なにかとフィジカルな欲望の対象にされがちだったジーンは、まだ友人でもない男に二人きりで会おうと誘われると、ついそっちの方向に思考を持っていってしまう。西根がゲイかどうかは定かでないが、少なくとも男同士を嫌悪しない性質であることは確かだった。でなければ、あれだけ基を可愛がっていたのだから、もう少し複雑な心境になってもいいはずだ。あっさり認めて都筑に任せはしなかっただろう。

ジーンを迎えにきた西根は、相変わらずネクタイも締《し》めないラフな姿で、作業着で来なかっただけましという程度のファッションだった。

都筑とは比べるべくもない。

わざわざ週末に人を誘うのなら、もう少しましな格好で来られないものなのか、と会いしなから腹立たしかった。

今はこんな男しか自分の傍にいないのかと思うと、悔しくて仕方がない。

都筑に未練があるのではなく、基に負けたのだという事実がジーンの高いプライドを傷つけ、いつまで経っても気持ちを切り替えられずにいた。西根を都筑と比べる方がおかしいのに、ついそうしてしまうのもそのためだ。

どうせ気の利《き》いた振る舞いはできないだろう、と西根に何も期待していなかったジーンだが、意外にも西根は、今話題の、予約なしでは絶対入れないという超人気のカジュアルレストランに案内し、ジーンを驚かせた。有名レストランのシェフがオープンさせた、モダンアメリカ料理の店で、こぢんまりとしてはいるがニューヨーカーに絶賛されているところだ。

おまけに、ジーンを連れて店に入っていく西根は、堂々とした物腰でいかにも場慣れした雰囲気を醸《かも》し出しており、その場にいた誰にも引けを取らない振る舞いをしてジーンを感心させた。

見てくれは本当に熊のようなのだが、中身はがさつどころか繊細なくらいかもしれない。

西根との食事は悪くなかった。

いや、もう少し素直になるならば、かなり楽しめたと言うべきだろう。

向かい合っていた間、ジーンは少しも退屈せずにすみ、食後のコーヒーを飲み終えたあと、「出ようか」と促《うなが》されたときには、まだこうしていたいと思いかけたくらいだ。もちろん、すぐにそっけなく「ええ」と答えて立ち上がったが、そのとき心の中で考えたのは、次はホテルか西根の借りている部屋に行くかするのだろう、という身も蓋《ふた》もないことだった。

期待していた、のかもしれない。

西根はここでもジーンの予測を裏切った。

紳士の見本のようにジーンをアパートメントまで送り届け、わざわざ車を降りて建物の入口の前まで一緒に来ておきながら「今夜は楽しかった。おやすみ」と言っただけで、なんの下心も最初から持ち合わせていなかったような迷いのない足取りで立ち去っていったのだ。

ジーンは啞然《あぜん》として西根の逞《たくま》しい背中を見送った。

信じられない。やはり男はだめだったのか。

なら、どうして今夜食事を奢《おご》ってくれたのだろう。

今までに付き合ったことのある男たちとはまるで勝手が違い、戸惑《とまど》った。それまでは、ジーンを食事になど誘う男は、ただの友人になりたいわけではないことがほとんどだったからだ。友人として付き合うには、ジーンは気位が高すぎて鼻持ちならないらしく、昔から敬遠されがちだった。よほど我慢強い人間でなければ長続きせず、本当に友人と呼べる人間など、今はひとりも思い当たらない。自分が寂しいと感じさえしなければ、それでもいいとジーンは突っ張っていた。寂しいと認めるのは負けのような気がして、刹那《せつな》的な男同士の関係で気を紛《まぎ》らわせているところもある。

西根の真意がわからない。

きっと何か目的があって近づいてきたはずだ。いずれその本音を暴いてやる。

その後もジーンが西根の誘いを受け続けたのは、当初はそのためだった。

決して西根に惹《ひ》かれているわけではない。

ジーンは自分自身に言い聞かせていた。

最初の目的はそんなふうでも、会う回数が増えれば増えるほど、初めは無骨で退屈な男としか捉《とら》えていなかった西根の魅力に気づき、新たな発見をした心地《ここち》になることが多くなってきた。

西根の本心を探ろうなどという気持ちで会っていたのは、それこそ三度目までだ。

それから先は、むしろ純粋に会って話をすることが楽しみになり、西根本人の前では決して言わないが、連絡を心待ちにするようにまでなっていた。

西根はジーンの体にはまったく関心がないようだ。機会はいくらでもあったのに、結局西根は一度もそんな素振りを示さない。少しでもゲイの素質がありそうな男に、こうまで徹底して無視されるのは初めてだ。そのことがジーンにはとても新鮮だった。同時に屈辱的でもあって、西根に対してわざとツンケンした態度を取ることも少なくない。そんなに自分には魅力がないのかと、今まで培《つちか》ってきた自信がなくなりそうになるのだ。

基のような純粋培養されたおとなしげな男に、理想の恋愛相手だった都筑を取られた上、まだ次の相手も見つけられずにいるとは、いささか自分が嫌になりそうだ。

主《あるじ》不在の社長室で、ジーンは基の不愉快極まりない笑顔を睨《にら》みつつ、そのうち飽きて捨てられればいいと意地悪なことを考えた。

考えた端から、なんてことを、と反省する。

基のことは好きではないが、そこまで思うほど心がねじ曲がっているつもりもない。

ジーンは写真から目を逸《そ》らし、手にしたままだったバカラ製クリスタルの花瓶をサイドチェストの上に置く。

そこで軽く花の向きを弄《いじ》って整え、都筑が帰ってきたとき、一番美しく見えるようにした。

『疲れているときに明るく可憐な花を見ると、気持ちが和《なご》んで元気が出るものだ』

……それを言ったのは、西根だっただろうか？

おそらくそうだ。他にそんなことをジーンに言う人間はいない。

西根の言葉を覚え、あまつさえそれを都筑のために役立たせようとしている自分に、ジーンはらしくないことをしている気がして面映《おもは》ゆくなる。いつからこんなかわいげを出すようになった

のだろう。以前は自分から進んで花を飾ろうなどとは思いつきもしなかった。都筑もそんなことはジーンに望んでいなかったのだ。

今の都筑にとっては基がその花のような存在なのだろうと思いつつ、それでも自分はまだ、少なくとも仕事上では基よりも都筑の役に立てるのだ、と自負し直す。おそらく都筑もその点は認めているだろう。

ジーンは社長室を出て隣の秘書室に戻ると、頭の中から雑念を追い払い、仕事を続けた。


案の定、西根からの電話は終業時刻直後にかかってきた。

「なんのご用ですか?」

必要以上に冷淡な受け答えをしながらも、心の中ではやはりかけてきてくれた、という安堵《あんど》と嬉しさが交じった気持ちだった。それを西根に気づかれるのが嫌で、あえてそっけなくしてしまうのだ。

『ああ、よかったら今夜食事にでも行かないか?』

「またですか」

本当は誘ってもらえるものだと思って電話を受けたくせに、どうしても意地を張って突っ張ってしまう。我ながらこの性格はどうしようもなかった。

『もしかすると、まだ仕事中だったのか？』

「ええ、あともう少し」

ジーンは意味のない嘘をつく。

「一時間ほどはかかるでしょうね。わたしはあなたのように暇ではないんです」

嫌みな言い方だ。自分でも性格の悪さにうんざりする。はずみで口が滑《すべ》ったとはいえ、今夜はもうこれで西根も諦めるだろう。本当は会いたい気持ちの方が強かったくせに、墓穴を掘ったも同然である。もしジーンがもう少し素直になれる男だったなら、ここでさらっと、「嘘です」と言ってしまえばすんだのだろう。西根も、なんだと軽く笑って流してくれたに違いない。だが、ジーンにはとてもそんなまねはできない。

『そうか』

西根は特にがっかりした様子もなく相槌《あいづち》を打つと、続けた。

『なら、念のため二時間後の約束でどうだ？』

まさか西根がこうくるとは思わず、ジーンは息を呑んだ。

「……本気、ですか？」

『何が？』

西根の声は穏やかで温かい。

ジーンはツキリと胸の奥が痛んだ。

「本気で二時間もわたしを待つつもりなんですか？」

『そのくらいべつにたいしたことじゃないだろう？』

そうだろうか。ジーンはこれまでセックス中心で付き合ってきた男たちを次々と思い浮かべたが、二時間も待とうと言った男は一人もいなかった。それなら別の機会に、とあっさり返されるのが常で、ジーンもそれが当たり前だと思っていた。待たれたりすると、かえって面倒くさいくらいの心境でいたのだ。

「あなたが構わないのなら、いいですよ」

『そうか。それじゃ、二時間後に迎えに行こう』

「いえ。どこかで待ち合わせませんか。これから外に出なくちゃならないんです」

『わかった』

今夜連れていきたい店がユニオンスクエアの傍にあるから、その近くにあるコーヒーショップで、ということになった。

ジーンはつまらない嘘をついたことを後悔しながら電話を切る。なぜ、と考えても、自分でもうまく説明できない。ただ、なんとなく、西根に自分も今夜会いたいと思っていたと知られるのが嫌だった……恥ずかしかったのだ。

受話器を握りしめたまましばらくぼんやりしていると、社長室のドアが開き、都筑が姿を現した。相変わらず一分の隙《すき》もなくスーツを着こなしている。すでに見慣れたはずのジーンでも、都筑の男前ぶりにドキリとする。

「今から帰るところか?」

「そのつもりでしたが、何かご用事があれば残りますが」

図らずも西根に残業だと言ってしまったこともあり、ジーンはむしろ進んで仕事を引き受けたい気持ちだった。

「いや。今日は俺ももう帰ろうと思っていたところだ。なんならアパートメントまで送っていってやろうか?」

「あ、いえ、今日はちょっと寄るところがありますので」

「ほう」

都筑がついと眉を上げる。

まるで寄るところがどこで、誰と約束しているのか見透かされているようだ。

西根とたまに会っていることは、ジーンの口からは都筑に告げていないのだが、もしかすると西根が基に喋《しゃべ》っていて、そこからさらに都筑の耳にまで届いている可能性はあるかもしれない。それを思うと、ジーンはますます西根と会うことに積極的な気持ちになっている自分が、ひとりで浮かれているように思えてきて、気恥ずかしさのあまり意固地な気分になってきた。西根と会うのは、西根が強引に誘ってくるからだ。決して自分が望んだわけではない。そんなふうに自分自身に言い聞かせる。

「すみません、やっぱりお言葉に甘えていいですか？」

「用事は？」

「気が変わりました。いつでもいいことだったんです。今夜はもう、まっすぐうちに帰ります。せっかくボスが送ってくださるとおっしゃられたので」

「ジーン。ひと言だけ忠告しておくが、自分の気持ちには素直になることだ。でなければ、取り返しのつかないことになる場合もある」

「なんのことでしょうか、ボス？」

あくまでもしらを切るジーンに、都筑はフッと苦笑し、肩を竦《すく》めた。言えば言うだけ頑《かたく》なになってしまうジーンの気性を知っていて、ここは何も言わずに流す方がいいと判断したのだ。

「俺の車に乗っていく気なら来い」

さっさと歩き出した都筑を、ジーンは慌《あわ》てて追いかける。

十五階建て自社ビルの地下が駐車場になっている。

二人は役員専用エレベータで下りる間、特に何も喋らなかった。

おそらく都筑はこれからアッパー・イースト・サイドにある超高級ホテル、プラザ・マーク・ホテルに基を迎えに行くのだろう。最近都筑が定時で引き揚げるときは、だいたいそのようだ。

恋愛においてはある意味百戦錬磨《ひゃくせんれんま》のように手慣れた男であるはずの都筑が、あの初《うぶ》で無垢《むく》そうなお坊ちゃまを相手にジーンにしていたのと同じ、情熱的で容赦のないセックスをしているとは、ちょっと想像もつかない。

助手席に座ったジーンは、都筑の横顔をちらりと見上げ、何度考えてみても不思議でしょうがないことを、またしても考えた。

たぶん、遊び慣れていたジーンとするときとは違い、こわれものを扱うような繊細さで、いかにも都筑以外知らなさそうな基を抱いているのだろう。それでも都筑は満足なのだ。恋というのは、心ばかりか体にまで強い影響力を持っているらしい。

都筑にこれほど愛されている基が羨《うらや》ましい。ジーンは軽く唇を噛《か》む。自分には誰もいないことが、ひしひしと寂しく感じられてくる。

「で？　俺はきみをどこまで送ればいいんだ？」

スロープを上がってビルの裏手の道に出たところで、都筑が聞いた。

ぼんやりと考え事をしていたジーンは、はっとして上体を揺らす。

「は、はい？」

何を聞かれたのか咄嗟《とっさ》にわからなかった。

「きみが行こうとしていた場所だ。明日からしばらくまた残業になるぞ。今日すませられること は今日のうちにすませておけ。その方が気がかりが減って自分が楽だろう」

都筑は深い意味はないように淡々ともっともらしい意見だけを言う。

ジーンは膝《ひざ》の上でぎゅっと拳《こぶし》を握り締めた。

「……すみません。それでは、ユニオンスクエアで降ろしていただけますか」

ジーンが答えると、都筑は無言で頷《うなず》き、車を走らせ始める。

結局行くことになってしまった……。

だが、もし家まで送り届けてもらったとしても、ジーンはやはりそれからまた出かけてしまったたろう。約束したにもかかわらず西根を待たせ続けていて、平気ではいられない。自分の部屋にいても落ち着かず、何も手につかなかったと思うのだ。

都筑に送ってもらったおかげで、車から降りたときには電話を切ってまだ三十分も経たない時間になってしまった。

「それじゃあ、また明日」

「ありがとうございます、ボス」

いつの間にか涼しさを孕《はら》み秋めいてきた風に吹かれつつ、ジーンは都筑の車が見えなくなるまでその場に立って見送ると、ふう、と大きな溜息を洩らした。

変な意地を張ったばかりに、ジーンの方があと一時間ほど待つはめになってしまった。

仕方がない。自業自得というものだ。

他に用事もなければ、時間を潰《つぶ》す場所も思いつけなかったので、待ち合わせに指定されたコーヒーショップのドアを押す。

店内は混雑していたが、壁に向かって腰かけるカウンター式の席がいくつか空いている。

ジーンは注文したホットコーヒーを受け取り、そちらに向かって歩き始めた。

と、途中でいきなり何も持っていない方の手を摑《つか》まれ、不意打ちに遭《あ》った驚きで声を上げそうになった。

「ジーン、俺だ」

「に、西根さん……！」

誰が座っているのかなど注意せず、まっすぐに壁際を目指して歩いていたジーンは、たった今傍を通り抜けかけたテーブル席にいるのが西根だとわかり、取り繕《つくろ》いようもなく動揺し、狼狽《うろた》えた。

まさか、もう西根がこの店に来ていたとは思いもしない。

「仕事、あれからすぐ片づいたのか？　さすがは都筑が自慢する有能な秘書さんだな」

「えっ？」

都筑が自慢していたなどまるで初耳だったジーンは、思いがけない言葉に半信半疑になりつつも、やはり嬉しさを隠しきれなかった。それは今のジーンにとって最高の褒め言葉であり、自分自身の存在意義にも通ずる大切な評価だったからだ。

「まぁ座れよ」

西根が横にあった椅子を引き、ジーンを促す。

ジーンはテーブルに発泡スチロール製のコーヒーカップを載せると、西根の左隣に腰かけた。

「まっすぐここに来ておいて正解だったな」

西根は屈託《くったく》ない調子で言い、白い歯を見せて笑う。ジーンの言葉を疑っている気配もない、おおらかで明るい笑顔だ。初対面の時には、唇を真一文字に引き結び、洞察力に溢《あふ》れた厳しい目つきをした、いかにも恐そうな男に見えたが、親しくなればなるほどそんな印象は遠くなる。思いやり深くて面倒見のいい兄貴分の男、という感じだろうか。

「無理してないか？」

ふと西根が真面目な表情になり、ジーンを気遣う。

「べつに」

いつものくせで無愛想に短く答えると、西根は「そうか」と目を細めた。

今日の西根はボタンダウンのシャツにカーキのコットンパンツを穿《は》いている。シンプルでカジュアルだが、ジーンと会うときは必ずアイロンのかかったシャツを着ていて、きちんと身嗜《みだしな》みに気を遣った雰囲気がある。そういう点、なまじ高価な服を身につけているだけというよりも、むしろ好感が持てた。

「ここでずっとわたしを待つつもりだったんですか?」

さっきの返事があまりにもそっけなかったかと思って、ジーンはコーヒーを一口飲んでから言葉を足した。

「もしかすると、十分か十五分くらいなら早く会えるかもしれないと思ってな」

「変わった人だな」

「そうでもないさ」

揺るぎもなく言い切る西根に、ふと視線を上げて顔を見たジーンは、やはりこちらをじっと見据えていた西根の眼差《まなざ》しと真っ向からぶつかり、慌てて目を逸らそうとした。しかし、そうするとかえって西根を意識しているように取られかねない気がして、搦《から》め捕られたようにそのまま動かせなくなった。

黒い瞳に捕まえられた心地がする。

ジーンはしだいに緊張してきて、息苦しさを感じてきた。

なぜそんなにじっと、探るような目で自分を見るのだろう。もしかすると、まだ基を苛《いじ》めていると思われているのだろうか。ジーンは、一週間日本に帰国した後、再度渡米してきた基とは、会うことはおろか電話で話したこともないというのに。

「……そんなに、基さんが心配ですか?」

見つめられ続ける心地の悪さから逃れようとジーンが思いつくままに聞くと、西根は「まぁ、正直それもある」といささか歯切れ悪く答えた。

「だったらなぜ他の男に委《ゆだ》ねるようなまねをしたんですか?」

それほど気になるのなら、首に縄《なわ》でも付けて、縄尻をしっかり握っていればよかったのだ。

ジーンの質問に西根は苦笑する。

「わかりきったことを聞かなくたっていいだろう。どうやらきみはまだあいつに未練を残しているみたいだな?」

「未練? 冗談でしょう。誰がそんなことを言いました?」

他人からは決して言われたくない事を言われ、ジーンはたちまち頭に血を上らせた。こうして逆鱗《げきりん》に触れられると、どうにも冷静でいられない。

「べつに誰も言わない。俺が単にそう感じただけだ」

対する西根はいたって平常心を保ったままで、ジーンが声を荒げても、僅かも動じなかった。

西根が平静であればあるほど、ジーンは悔しくて、熱くなる。

「ではそれはあなたのまったくの勘違いだ。わたしとボスの関係は、最初から恋愛などではなかった。基さんと同じにされては迷惑です」

「だが、きみは基が嫌いだろう?」

「ええ。ここでの兄代わりを務めるあなたに面と向かって言うのもなんですけど、大嫌いですね」

「……こういうところだけ素直だな、きみは」

「なんですって?」

西根の呟《つぶや》きにジーンは眉を吊り上げた。

「いや、なんでもない」

西根は宥《なだ》めるような調子で首を振る。そして、あらためてジーンをじっと見つめた。

「都筑を間に挟んで確執《かくしつ》があるのでないなら、なぜそんなに基が嫌いだ?」

「合わないんでしょう、たぶん。わたしはぽやんとしたお坊ちゃまタイプとは昔からそりが合わないんです。見ていて苛々《いらいら》する」

「基は、気持ちの優しいいい子なんだがなぁ」

「ああ、きっとそうなんでしょうね。でも、わたしはいい子ちゃんが嫌いなんです。いちいち言動が鼻につく。無垢なふりをして結構したたかだったりもしますしね」

「わかった。もうこの話はよそう」

西根はこれ以上大事な基の悪口は聞きたくないとばかりに顰《しか》めっ面をすると、椅子《いす》から立ち上がった。

「行こうか」

仕方なくジーンも立ち上がる。

さんざん基の悪口を言い散らしたせいか、気まずくて後味も悪かった。

西根の背後についていきながら、肩幅の広い頑丈そうな背中に拒絶されているような気がして、声をかけるのも、追いついて肩を並べるのも憚《はばか》られた。

店を出てしばらく歩いたところで、西根が立ち止まり、ジーンを振り返る。

「ほら。来いよ」

すっと差し伸べられた腕に引き寄せられるように、ジーンは歩幅を広くして西根の傍らにまで身を進ませる。

西根はポン、とジーンの背中を軽くひと叩きだけして、再び歩き出す。自覚しているのにいつまでたっても素直になれないジーンの性格にはもう慣れた——そんなふうに言われたかのようだった。

「……言いすぎました」

「ん？　ああ……あれは半分は俺の責任だ。俺が変なことを聞かなきゃ、きみもあんなふうには言わなかった、そうだろう？」

わからなかった。

いくら努力しても、ジーンは基に好意は抱けない。確かにさっきはひどいことを言ったと思い、反省している。だがそれは、自己嫌悪に陥《おちい》り続けているより、さっさと謝った方が自分が楽だからというだけのことで、心から基に悪かったと感じているわけではなかった。自分でも呆《あき》れるほど狭量《きょうりょう》だ。

なぜもっと心の優しい人間になれないのだろう。

こんな性格では、今に誰からも相手にされなくなり、本当に孤独になってしまう気がする。西根も——果たしていつまでこうしてジーンの傍にいてくれるだろうか。基のためにジーンを牽制《けんせい》しておくだけのつもりなら、きっと基がここ、ニューヨークにいる間だけとも考えられる。そうすると、あと四ヶ月と少しということだ。

ジーンは急に心許なさを感じ、隣を歩く西根の顔をそっと窺《うかが》った。

視線に気づいたのか、西根も首を回し、ジーンと顔を見合わせる。

「どうした?」

「いいえ、べつに」

聞かれても、今の心境をどう説明しようもなく、ジーンはなんでもないふりをするしかなかった。

西根は基が好きなのだ。

いわゆる恋愛感情とは違うのかもしれないが、それにかなり近しいくらいの、熱い気持ちを持っているのではないかとジーンは思っている。でなければ、ここまで基のために親身になりはしないだろう。

羨ましい。

都筑にも西根にも、研修先である職場のスタッフたちにも可愛がられ、大切にされているらしい基が、ジーンには無性に羨ましく、かつ妬《ねた》ましかった。

それに比較すると、自分の孤独さが際立って感じられ、惨《みじ》めな気持ちに浸《ひた》される。

これまでは自分を孤独だなどと特に思ったことはなかった。

真剣な恋などいらない、邪魔なだけ。それより楽しい部分だけ共有する大人の関係を愉しませてもらえれば、それが理想。そう考えて生きてきた。

今、その考え方をひっくり返されて、ジーンは激しく戸惑っている。

ずっと気持ちのいい関係を継続できるに違いないと踏《ふ》んでいた都筑が、いとも簡単に恋に堕《お》ちる様を見せられたせいだ。

自分はこのままでいいのだろうか。

やはり、変わる時が来るのだろうか。

変わると言っても、どう変われるのか、ジーンには見当もつかない。自分は自分だ。急に基のような素直で奥ゆかしい深窓の令息にはなれるわけもないし、都筑のように強く逞しく、誰かを守っていけるような男にもなれない。

「ソウルフードは好き？」

「えっ？」

またもや考え事に没頭していて、相手の言葉が耳の横を通り抜けていった。

「今晩はソウルフードの店に連れていこうかと思っているんだが、好きか？」

もう一度西根が聞き直してくれる。

「あ、ああ……いいですね。好きです」

ソウルフードとは、トラディショナルなアメリカ南部の郷土料理だ。愛情の籠《こ》もる家庭料理といったところだろうか。その昔、黒人が奴隷時代に、主人の残したものに手を加えて食べていたことに始まると言われている。コーンブレッドやレバーステーキ、オックステールなど、煮たり茹《ゆ》でたりした料理がほとんどで、付け合わせのサラダと共にいただく。

「お腹を膨《ふく》らませたら、棘《とげ》だった気持ちも自然と解《ほぐ》れて、誰かと争うよりも仲良くする方が楽だと思うようになる」

西根は前を向いたまま、押しつけがましさなど感じさせない、淡々とした口調で言う。

「昔からよくそんなふうに言うだろ？」

「ええ」

俯《うつむ》き加減で、見るともなしに歩道に張られたタイルを目に入れながら、ジーンは低く答えた。

たぶん、西根はジーンの気持ちを紛らわせる手伝いをしてくれているのだ。

早く気持ちの整理をしろ、都筑を諦めて新しい男を探せ、今度こそちゃんと幸せになれ。そんな様々なメッセージを与えられ、後押しされている気がする。

ありがたいと感謝すべきなのかもしれなかった。

西根自身は基にどんな気持ちを持っているのか計り知れない分、他人のことより自分はどうなのだと聞いてみたい気もするが、どのみちジーンよりは遥《はる》かに精神的に安定していることは否《いな》めないようだ。

「ここだ」

いかにもアットホームな雰囲気の店構えをしたレストランの前まできて、西根は立ち止まる。

ドアを押して店内に足を踏み入れると、食べ物の匂《にお》いに包まれる。

ジーンはたちまち空腹感に襲われた。

そう言えば、今日の昼はデリバリーサービスのサンドイッチを二切れ食べたきりだった。どうりでお腹が空くはずだ。

そう思った途端、きゅるる、と腹の虫がはしたなく鳴いた。

「あ」

「おっ？」

ジーンがしまったという声を出すのと同時に、西根も気づいてジーンを見る。

「今、いい感じに鳴いたな？」

西根は揶揄《やゆ》するように言い、瞳を子供のように楽しげに輝かせた。

「ち、違います！」

恥ずかしさにジーンはムキになって否定した。

次第に耳まで熱くなるのがわかる。きっと顔中真っ赤になっていることだろう。

「マスター、何か手っ取り早くできるのをまず持ってきてくれ」

西根が奥のキッチンに向かって声を張り上げる。

「西根さん！」

「いいからきみは座っていろよ」

ほら、と西根が椅子を引く。

このままでは店の中で目立ちまくりだったので、ジーンは取りあえずテーブルに着いた。

西根もすぐに向かいに座る。

「……やっぱり、あなたは意地悪ですね。わたしがそんなに嫌いですか?」

まだ冷めやらぬ気恥ずかしさから、ジーンがプイとそっぽを向いて聞くと、西根は「いや」としごく真面目な声で否定した。

声の真摯《しんし》さにふと首を戻して西根の顔を見てみると、西根は表情を引き締めて、冗談など微塵《みじん》も感じさせない真剣な顔つきをしていた。

目が合った瞬間、ジーンはドキリとする。

「たぶん俺はきみが思っているよりきみを理解している自信がある」

西根はジーンの質問には直接答えず、そんなふうに言った。

なぜか、その一言は、妙にジーンの胸にずしりと響き、その後もずっと忘れられないものになった。

2

「合同アート展？」

「ああ、そうだ。ニューヨーク在住の若手アーティストたちが開催する、いろいろなジャンルの展示会だが、よかったら見に来ないか？」

「いきなり言われても」

ジーンは気難しげに眉を寄せ、運転席でステアリングを握る西根の横顔をちらりと見た。まっすぐ前方に顔を向けた西根の表情は、どこか照れくささを滲《にじ》ませている。これまではジーンに見せてこなかった別の一面を露《あら》わにすることに、少し緊張もしているようだ。ジーンの視線を感じているのは、微《かす》かに引きつった頬《ほお》の肉の動きからも明らかだったが、いつになく無視したままだった。

明日から二週間、マディソン街にある生命保険会社の貸しホールで、『イースト』をテーマにした五人のアーティストの作品が展示される。それに西根も三十点ほどの作品を出品しているそうなのだ。

「今、忙しい？」

もちろん暇ではないが、二週間のうち一日も時間を工面できないと言ってのけられるほど忙しいわけでもなかった。明日の初日にも、駆けつけようと思えば駆けつけられる。しかし、すんなりそう告げると、いかにも自分が西根に関心を寄せていると取られかねないようで、ジーンはまたしても勿体《もったい》ぶった。当然でしょう、とばかりに頷き、助手席側の窓の方を向く。

「第一、そういうものにはあまり興味が湧《わ》かないんです」

「絵画や書画なんかもあるぞ」

「あいにくですけど」

「陶芸品は？」

「あなたもしつこいですね」

ジーンが苛立った声を上げても、西根は「ははは」と明るく笑っただけで、気にした様子もない。むしろ、ようやくまたジーンを自分の方に向き直らせることができたと満悦したふうだ。

ジーンは相手の思う壺《つぼ》に嵌った悔しさを味わい、西根の食えない顔をキッと睨みつけ、下唇を噛みしめた。

「そう怒らなくたっていいだろ」

さっき笑った名残《なごり》を残しながらも、西根は表情を真面目にし、宥めるような目つきでジーンを見やる。

「時間があったらでいい。期間中、せっかくだから一度だけでも顔を見せに来てくれたら嬉《うれ》しいと思っただけだ」

西根はいつものごとく最後は物わかりよく締めくくる。決して強《し》いているわけではない、きみの自由だとジーンの意思を尊重する。

本来ならばそれはジーンにとってありがたいことのはずだが、なぜかジーンはすっきりせず、かえって気持ちがざわつく。

もっと強引に誘ってくれれば、渋々《しぶしぶ》ながらにでも行くのに。

べつに行きたいわけではないが、西根とは結構頻繁《ひんぱん》に会い、食事をする仲だ。友人のひとりとして顔を出す程度の義理堅さは持ち合わせている。

本当に来て欲しいのなら、こうもあっさり話を切り上げようとせず、もう少し粘《ねば》ればいい。

西根があっさりしているのは、実はジーンに心から来場を求めているわけではないからだろう。西根の方こそ、単に義理でこういう催《もよお》しがあると知らせているだけなのだ。後から都筑の口から聞かされて、知らなかったとムッとさせられるより、その方が確かに礼には適《かな》っている。ジーンはそんなふうに考え、心の奥で複雑な思いを嚙み締めた。

黙ったままのジーンに今ここで色好《いろよ》い返事を期待するわけでもなさそうに、西根はさらっとした口調で言い足す。

「俺は開催中、毎日午後から会場に詰めている予定だ。もしふらっとでも立ち寄れたら、声をかけてくれ。飯でも奢ろう」

車はちょうどジーンの住むアパートメントの横に着いたところだった。

ジーンはシートベルトを外すと、ふう、とわざとらしく溜息《ためいき》をついてみせ、前髪を無造作《むぞうさ》に掻《か》き上げた。

「……心に留めておきます」

「ああ」

さして期待しているようでもない単調な答えが返る。

ジーンはまた癪に障って不愉快になった。

別れ際にも指一本触れてこようとせず、あくまでも友人としての領域に踏み止まったままの西根に、ジーンの自尊心が傷つく。おかしな話だが事実だから仕方がない。いったい自分は西根に何を望んでいるのだろう。あらためて自問自答してみたが、明確な答えは出せなかった。

「それじゃ、お休みなさい。送ってもらってありがとうございました」

「ジーン」

ドアを開けて降りかけたジーンの肩を、西根が摑む。

驚いて、ジーンは西根を振り返った。

「なんです、か？」

声が微妙に上擦る。

西根はすぐに肩から手を外すと、いささか決まり悪げに頭を掻いた。短く刈《か》り込んだ髪がザリッと硬そうな音をたてる。西根も思わずジーンを引き留めたらしく、言葉に詰まった様子だ。

ややあって西根は意を決したように口を開いた。

「その、な……、こんなふうに俺がきみを誘うのは、やっぱり迷惑か？」

「べつに」

本当はもう少し違った感じに答えたいのだが、ジーンには乾いた声でそう言うのがやっとだった。戸惑うことはあっても、決して嫌なわけではない。むしろ、少しなりと楽しみにしているところもある。それを素直に伝えるにはジーンはへそ曲がりすぎたし、矜持《きょうじ》も高すぎた。

「今夜の食事は、きみなりに少しは楽しめたということか？」

「ひとりだとまともな食事をする気にならないので、わたしとしては誰か一緒に食べてくれる相手がいるのは悪くないと思っています」

ジーンはずいぶん堅苦しい答え方をして、またもやこんな言い方しかできない無愛想な自分を嫌悪した。西根といると、いつもスマートに振る舞えない。片意地を張って変なところばかり見せてしまう。この要領の悪さはどうにかならないものなのかと腹が立つ。

ジーンの返事を聞いた西根は、躊躇《ためら》いがちに続けた。

「つまり、その相手が俺でも構わない……というわけなんだろうか?」

「……そう、ですね」

ここはジーンも慎重に答えた。

答えた後も、果たしてこんな言い方をしてよかったのかどうか考え込む。西根との会話はときどきジーンをヒヤリとさせた。どこまで本音を晒《さら》していいのか悩む場面に、たまに出会《でくわ》すのだ。うっかりすると本音がぽろりと出てしまい、恥ずかしい目に遭いそうで、気を許せない。ジーンは、自分が西根に少しでも好意を寄せていることを知られるのが、たまらなく嫌だった。

「そうか」

西根はニッと笑った。

「安心した」

何の気負いもなさそうに、心にある気持ちをさらりと口にする。ジーンにはそれが西根の本心だと、なぜかわかった。

上がってお茶でも勧めようかという気になってきた。

しかし、ジーンがそう言い出す前に、西根から「じゃ!」と別れの挨拶《あいさつ》をされた。

もう少し西根と話をしてもいいと思ったジーンの気持ちはたちまち萎《しぼ》み、冷めた気分だけが残る。

ジーンは無言で車から降りると、ドアを閉めるなり振り返りもせず、まっすぐ石段を上がっていった。

アパートメントの出入り口の両開き扉の前まできて、ようやく首だけ回して道路を見下ろすと、まだ西根の乗った車は動いておらず、西根が運転席からじっとこちらを見守っていることに気づき、ジーンは焦《あせ》った。

女子供ではないのに、恋人でもないのに、そこまで紳士的に見送ってくれなくてもよさそうなものだ。

気恥ずかしさに動揺し、ポケットから取り出した鍵《かぎ》がうまく差し込めない。

やっと扉を開けて逃げ込むように建物の中に入り、ほっと胸を撫《な》で下ろしたとき、外で車が発進する音が聞こえた。

「ばかみたいだ」

三階にある自分の部屋へと階段を上がっていきながら、ジーンは思わず呟いていた。

口ではそう悪態じみた言葉を出しつつも、胸の中では温かなものがじんわりと広がる。

こんな気持ちで誰かと夜別れるのは初めてだ。

今夜の食事も悪くなかった。――いや、結構よかったと言うべきだろう。料理は美味《おい》しかったし、店の雰囲気もフランクで親しみやすく、西根は口下手そうにしていながら、いざとなると気の利いたジョークでジーンの顰めっ面を崩《くず》させた。

運転するからと西根はいつもアルコールを断るのだが、もし酔ったらどんなふうになるのか、いささか興味がある。

酔っぱらっても紳士的な態度を崩さないだろうか。

それとも、酔えばジーンをどうにかしようとするのだろうか。

部屋のドアを開けながら、ジーンは自分がある程度西根に抱かれることを期待しているのだと気がつき、愕然《がくぜん》とした。否定しようにも、自分の心に対して適当な言い訳を思いつけない。

キッチンでコップ一杯の水を呷《あお》るようにして飲み干し、濡れた唇をきゅっと手の甲で拭った。

「……違う」

好きなのは、あんなタイプの男じゃない。

だが、その考えもどこかあやふやで心許なくて、ジーンはますます困惑するばかりだった。


行かない、行くわけがない、と何度も心の中で自身に言い聞かせ続けていたにもかかわらず、気がつくとジーンの足はいつの間にか合同アート展が開催されているビルの前まで来てしまっていた。

建物を見上げ、最後の最後に「やはり帰ろうか」と尻込《しりご》みする気持ちが生まれる。

そこに折良く正面の回転ドアから出てきた中年の婦人二人連れが現れて、「よかったわね」「ええ、思っていたよりずっと。私、今、東洋に興味があるのよ」などと話しながらジーンの脇を通り抜けていく。

それを聞いて、ジーンの胸に、西根の創作したフラワーアートがどんなものなのか知りたい気持ちが頭を擡《もた》げてきた。

これまでジーンは西根の作品を一度も見たことがない。

正確には、プラザ・マーク・ホテル内のどこかで見かけたことがあるのかもしれないが、意識して見たことはなかった。

二人で食事に出かけても、ちょっとした距離のドライブに一日付き合っていても、西根は仕事の話などまずしない。花についての職業的なうんちくを語られたことも当然なく、ジーンには西根がどういった作風をしているのかすら想像できずにいた。

もう少し西根のことが知りたい。

ジーンはごく自然とそう思い、引き返しかけた足を進めた。

会場はエントランスホールの左手に位置した、普段から様々な一般の催事が頻繁に行われている、大きな貸しホールだ。

初日とあって、周囲は混雑していた。

大きく開け放たれた出入り口の両脇には、ずらりと献花のスタンドが並んでいる。ざっと見渡した中には、アート関係に殊更関心のないジーンですら耳にしたことのある、ニューヨーク在住の著名な画家から贈られたものもあり、へぇと素直に感心した。ジーンが考えていたよりも、ずっと盛大で世間の注目を浴びた展示会らしい。

来ている客も、いかにもアーティスト系といった身なりの人々、ぴしりとスーツを着こなした企業の重役ふう、ショッピング途中にでも立ち寄った様子の主婦たち、というように様々だ。

会場内に足を踏み入れたジーンは、念のため、都筑や基の姿が見当たらないかと注意深く全体を見渡した。都筑一人だとあり得ないが、もし基が仕事の都合がついていれば、二人で必ずここに来ているはずだ。

どうやら危惧《きぐ》した顔は見当たらない。

ジーンはひとまず胸を撫で下ろす。こんなところで仲睦まじい二人と鉢合《はちあ》わせするのは絶対に避けたかった。基とはまだ当分平静な顔で向き合えない。会えば嫌みの一つや二つ、きっと言ってしまう自信がある。そうすると、都筑に白い目で見られることは、わかりきっている。

今のところその心配はないとわかった上、西根の姿も見出せないことが確かめられ、ジーンは重かった足取りにいくぶん軽快さを取り戻した。

たぶん西根は、賓客《ひんきゃく》でもてなしに外に出ているか、奥に引っ込むかしているのだろう。気づかれないうちに会場を一巡し、さっさと退散しようと思った。

ここで西根に会うのもバツが悪い。会えば会ったで適当にあしらって帰ろうとは考えていたものの、会わずにすむのならその方が気楽だ。後日さらりと「暇ができたから行くだけ行ってみた」と言ってやればいい。

広い会場のあちこちは白い壁で仕切られて、それぞれの作品を効果的に見せられるよう、工夫が凝《こ》らされていた。

展示物はアーティストごとにコーナー分けされてはおらず、五人それぞれの作品を見事に融合させて、ひとつの空間美を創り出している。

書画と陶芸品、そして花、または絵画と花、などといったように、個別の美と、三つ、もしくは二つのハーモニーが生み出す美との両方を同時に楽しめる配慮がなされているのだ。

テーマが『イースト』とあって、作品はどれも東洋の美学を踏襲《とうしゅう》していたり彷彿《ほうふつ》とさせたりするもので統一されていた。

西根の作品も、ダイナミックかつ優美に東洋美を象《かたど》っていて、初めて作品を見たジーンを圧倒した。

こんな花を生ける男だったのか、と純粋な驚きと感動が湧き起こる。

「これはタイ製の小物入れを花瓶にしているのね」

ジーンの傍らで、三十代と思《おぼ》しきOL二人が作品について解説されたパンフレットを見ながら話している。

「鳥の羽がすごいわねぇ」

「枝ごと生けたザクロも見事よ」

延々と続く二人の声を聞くともなしに耳に入れ、ジーンにも枝についた丸い実がザクロで、他にアマランサス、ケイトウ、ユーカリといった馴染みの薄い植物を花材にしたものだということがわかった。解説を読めばもっとよく作品のことが理解できるのだろうと思うと、入口で手渡されかけたパンフレットを断ったのが少し悔やまれる。

赤と茶と黄で豪快に鳥を表現した作品の他にも、胡蝶蘭《こちょうらん》やナンテン、オモト、松などを使用して可愛らしく纏《まと》めた作品など、剛柔取り混ぜ、西根の作品は二十九点飾られていた。

それらを一通り見て歩いているうちに、当初はほんの五分程度で会場をぐるりと歩いてくるだけのつもりでいたジーンは、思いがけず小一時間ほども長居してしまっていることに気づき、自分でも驚いた。

まさか、興味もないはずの自分がこんなに真剣に眺めて回れるとは、想像もしていなかったのだ。きっと西根の作品でなかったならば、もう少し漫然と見ただけで終わったのだろう。生けた本人が熊のようにがっちりとして無骨な男だ、と知っているだけに、意外な素顔を見せられたようで目が離せなくなり、じっと見入ってしまったということは確かだ。

もう六時半だ。後一時間で今日は閉場されるはずである。

すでに会場内に戻ってきているかもしれない西根に見つからないうちに、とジーンは足早に場内を横切り、出入り口へと向かった。

「おっと」

慌てていたため、すれ違いざまに前方にいた男と肩が軽くぶつかり合う。

「すみません」

振り返った途端、ジーンも、そして相手の男も「えっ?」「おっ」と短く声を発し、まじまじと凝視し合った。

「ジーンじゃないか。ジーン・ローレンス。久しぶりだな!」

「マイケル・ファーバー……?」

「そうだ。よく覚えていたな」

マイケルは嫌みたっぷりに言い、歯を剥《む》き出してニヤリと笑う。

こんなところでよりにもよって嫌な男に会ったものだ。ジーンは過去の自分に唾棄《だき》したくなる。

「取材、ですか?」

商売道具の一眼レフを大事そうに抱え持っているマイケルに、ジーンは冷たい瞳を向け、聞いた。マイケルがそこそこの腕を持つカメラマンであることはジーンも認めざるを得ない。この場にいるからには、五人のアーティストを取材にきたのだろうと見当をつけた。

案の定マイケルは「ああ」と頷き、訝《いぶか》しげに「おまえは?」と問い返してきた。

別れて数年経つというのに、いまだに馴れ馴れしく「おまえ」などと言われ、ジーンは無性《むしょう》に嫌悪を感じる。だが、この場でいちいち昔の男に突っかかっても仕方がない。不快に感じながらも聞き流す。

「わたしは、たまたまです」

西根恭平と知り合いだとマイケルに言うのは憚られ、ジーンはそんなふうに取り繕った。

「仕事帰りにちょうどこの辺りを通りかかったら、ポスターを目にしたものですから」

「ああ、そうか、おまえ市庁舎の傍の会社で働いているんだったよな。そろそろ四年目に入ったんじゃないか?」

「よく覚えていますね、そんなこと」

「ふん。俺を『セックスに飽きました』のひと言で振ったやつなんかおまえくらいのもんだ。頼まれたって忘れられないぜ」

「やめてください、こんな場所で！」

マイケルの声が特に辺りを憚るものではなかったため、ジーンは慌てて叫んだ。

万一誰か知っている人に聞かれでもしたら、あらぬ噂を立てられかねない。そしてそれが西根の耳にまで入るかもしれないと思うと、平気ではいられなかった。

「なぁ、ジーン」

マイケルは値踏みするような、そして舐《な》めるような、いやらしい視線をジーンの全身に絡ませてくる。ジーンは気丈に「なんですか？」とマイケルを見返しつつ、ぞわぞわと背筋が寒くなるのを感じていた。こういう目をしたマイケルは、ろくなことを言い出さないのだ。その昔、わずか四ヶ月ほど付き合っただけの相手だが、ジーンはよく知っている。

「この後の予定はどうなっているんだ？」

「そんなことを聞いてどうするつもりですか？」

「決まっているだろう」

ずい、とマイケルがジーンとの距離を詰め、迫ってくる。

反射的にジーンは一歩引きかけたが、すぐ斜《なな》め後ろに腹の出た紳士が立っていて、それ以上後じされないことに気づいた。

「予定がないのなら、食事にでも行こうぜ。俺もちょうどこれから引き揚《あ》げるところだったんだ」

そう言うマイケルの目は、明らかに食事の後のことを期待して、ぎらついている。

「悪いけど」

ジーンはそこでこくりと喉《のど》を鳴らした。

この続きをどう言おう、と迷う。なまじっかな言い訳ではマイケルは承知しない。しつこくつきまとわれるのはご免だ。

ぐるりと巡らせた視線のすみに、さっき見てきたばかりの絵画が目に入る。『LOVERS』と題された作品だ。それがジーンの意を決めさせた。

「恋人と、待ち合わせをしているんです」

恋人、と言葉にするとき、ぱっと浮かんだのは、無精髭の生えた西根の顔だった。

慌てて心の中で「違う」と否定する。

「今は……わたしにも真剣に付き合っている相手がいるので」

ジーンは西根の顔を頭の中から追い払うように強い口調で言った。

「はは。まさかだろう」

マイケルはあからさまに疑ってかかり、信じた様子もない。

「気まぐれで、目移りばっかりしやがって、誠意のかけらもない恋愛ゲームが得意のおまえが、

「誰に本気になったたって？　本当ならぜひ紹介して欲しいもんだ」

「わたしが本気の相手を見つけたら、そんなにおかしいですか？」

強気に言い返しつつ、ジーンは頭の中を「恋人」という言葉と「西根」という言葉、そしてすっかり馴染《なじ》んでしまった西根の顔でいっぱいにし、混乱させていた。

なぜ、ここでこんなにも西根を思い浮かべるのだろう。

隠しても隠しきれない心の奥を剥き出しにされたような心許なさに満たされる。

このままここにはいられない。

ジーンは強く思った。

帰らなければ。

「とにかく、わたしは失礼します」

「おい、待てよ！」

いつまでもマイケルの相手をしている気になれず、強引に横を抜けて行こうと足を踏み出したジーンの二の腕を、マイケルがすかさず捕らえる。

強い力で引き留められて、ジーンは怒りで頭の中をカッとさせ、勢いよく振り向いた。

その目が、マイケルを通り越し、後方から大股に歩み寄ってくる西根を捉えた。

あまりのタイミングに頭が爆発したようになる。

よりによって西根に見つかってしまった。それも最悪の場面を。

いっきに血の気が引いていき、ジーンは言葉をなくした。

恋人、と言う文字だけがまだ頭の中をぐるぐる巡っている。

西根の顔がまともに見られなかった。

だが、視線を逸らそうにも、どこを見ればいいのかわからない。

「ミスター・ファーバー」

西根の呼びかけに、マイケルも後ろを見る。そして、こちらに近づいてきたのが自分がつい今し方まで取材していた相手だと知るや、ジーンの腕をさっと放した。

「まだこちらにいらしたんですか」

「え、ええ、ちょっと」

「ジーンとお知り合いで?」

西根はマイケルとジーンを交互に見て、ジーンのことは親しげに呼び捨てにした。

それだけでマイケルは、ジーンと西根がただならぬ関係だと邪推《じゃすい》したようだ。これまでの例だと、ジーンが親しくする相手は必ず肉体関係のある相手だということを、マイケルは承知していたからだ。

ジーンはますます顔色を青ざめさせた。

「ああ、……なるほどね」

マイケルが皮肉っぽく呟き、ジーンを一瞥《いちべつ》する。

こいつのことか、とその目が嘲《あざけ》っていた。いつから宗旨替えしたんだ、と言わんばかりだ。スタイリッシュでスマートなものを好むジーンが、西根のような、いかにも冴《さ》えなく野暮《やぼ》ったそうなタイプの男を恋人にするとは思ってもみなかったらしい。

いつもなら負けずに睨み返すところだが、今度ばかりはジーンもそんな気になれず、逆に目を伏せた。

「ミスター・ファーバー?」

重ねて西根が訝しげに聞く。

「いや、なんでもありませんよ。こちらの方にも展示会の印象をお尋ねしていただけで」

意外にもマイケルは西根にそう言った。

西根を相手にジーンを競う気はない、そんな感じだ。ジーンの趣味の悪さをばかにし、しらけたのである。嫌な感じだとジーンは思ったが、それより、西根に変に勘繰られずにすみそうなことに安堵した。

「じゃ、俺はこれで。ミスター、どうもありがとうございました」

マイケルがさっさと踵《きびす》を返して行ってしまった後、西根はあらためてジーンと顔を合わせた。

いったんは安堵のあまり西根の顔を見たジーンだが、二人になると、またもや「恋人」と勝手なことをマイケルに話したときのことを思い返し、羞恥《しゅうち》に狼狽える。

「来てくれたのか」

そう言われ、ジーンはさらに赤くなった。

「し、仕事が早く終わったから……」

言い訳する口調がしどろもどろになる。マイケルに絡まれて困惑していたところを今度は西根に不意を衝《つ》かれ、うまく頭が回らない。

「ありがとう、ジーン」

西根はまっすぐな視線をジーンに向けて、心の籠もった礼を言う。

それだけでジーンはそれ以上の下手な言い訳をする気持ちをなくした。何を言ったところで、西根は「そうか」と素直に聞いてくれるだろうが、そんな嘘を並べなくてももういいと開き直る気になったのだ。

後に残ったのは、なぜ自分は恋人という言葉から西根を思い浮かべたのか、という大変な疑問だけだった。

そのことに関してだけはまだ頭が回らない。

一人になって、考えたいと思った。

「それで、さっきのカメラマンは本当に何もしなかったのか？」

西根はマイケルがジーンの腕を摑んでいるのをしっかり見ていたようだ。実はマイケルの言葉を信用していなかったらしい。

「なんでもありません」

まさか、元セックスフレンドだ、とは白状できず、ジーンはいつものごとく冷淡に突っぱねた。いろいろ聞かれたくない気持ちも加勢する。

何事もなかったのならば、西根もそれ以上に追及する気はなさそうで、軽く頷く。だが、決して納得したようではなかった。

「よかったら、もう少し待っていてくれないか」

気を取り直したように西根が話題を変える。

「一緒に食事をしよう。あと一時間ほどで出られる」

「いえ、今日のところは」

ジーンはきっぱりと言う。

本当は西根と一緒にいたい気持ちも強かったのだが、今は動揺しすぎている。

西根はしばらくジーンの顔を見据え、何事か思案している様子だった。

しかし、結局、無理強いはしなかった。

「わかった。あらためて連絡しよう」

優しい声と表情がジーンの胸をチクリと痛ませる。

ジーンは逃げるようにその場を離れた。

背中に西根の視線を感じる。足が縺《もつ》れそうになるのを必死で抑え、どうにか会場から出た。

外はすでに薄暮に覆われており、勤め帰りと思しき人々が通りを埋めていた。道路も渋滞している。

人の流れに紛れ込み、風に当たりながらストリートをパーク・アベニューに向かって歩いているうち、ジーンは徐々に平常心を取り戻してきた。

真横を肩を組んですれ違っていったカップルを見て、今日が週末なのだということを今さらながら意識する。

西根の誘いを振り切って出てきてしまったが、部屋に帰ったとしてもひとりだ。

頭が冷めてくると、今度は週末に誰とも約束のないことの方が惨めに感じられてくる。我ながら現金の一言に尽きると思い、ジーンは唇を歪《ゆが》めて自嘲《じちょう》した。

パーク・アベニューをさらにワンブロック北上すれば地下鉄の駅がある。

それに乗るため、出入り口の階段に向かって歩を進める途中、不意に背後から腕を引かれた。

ジーンは驚いて振り返り、そこにさっき別れたばかりのマイケルが、人を小馬鹿にしたような冷笑を浮かべて立っているのを見て、さらに目を瞠《みは》った。

「よう。また会ったな」

「……後を尾《つ》けてきたんですか？」

「は！　相変わらずお高く止まってやがるぜ。ちょっと自意識過剰なんじゃないか」

ジーンの切り返しにマイケルは毒づき、ぺっと唾《つば》を吐く。しかし、図星を指されたのは確かなようで、否定はしなかった。

「離してください」

摑まれた腕を勢いよく振り、ジーンは嫌悪を丸出しにした声を出す。

「そう邪険にするなよ。知らぬ仲じゃあるまいし」

マイケルはすかさずジーンの腕を捕らえ直すと執拗《しつよう》に絡んでくる。ジーンはうんざりすると同時に、往来を行き来する衆人が好奇の目で見ているのではないかと思い、気が気でなかった。誰も彼もが、こうして言い争う二人を、ゲイカップルの痴話喧嘩《ちわげんか》だとみなしているようで、たまらなく嫌だ。とうに別れたはずの男なのに、と理不尽な気持ちがした。

「あなたも相変わらず強引だな！　やめてくれって言ってるでしょう。それとも言葉がわからないんですか？　大声を出しますよ」

「ふん！」

最後のひと言が効いたのか、マイケルは打ち捨てるように腕を離した。反動で、ジーンはよろめきそうになる。

「乱暴な……！」

ジーンはマイケルを蔑《さげす》みに満ちた視線で睨み、少しだけ乱れて額に落ちかかってきていた髪を直す。これは嫌みを言うときや気持ちが穏やかでないときにする癖でもあった。

「やっぱり、まるっきり変わってないようだな、おまえ」

胸の前で腕組みし、マイケルは憎々しげに言う。大事なカメラは車にでも置いてきたのか、今は持っていない。ジーンはマイケルの身に着けた高価そうな濃紺のジャケットを一瞥し、以前はこんなふうにファッションに気を配る男でなければ相手にしないと突っ張っていた自分を思い出していた。若かったせいもあるが、なんだか滑稽だ。むしろ今見ると、中身の軽薄さが透けて見えていやらしくさえ感じられる。――もしかすると、自分自身も他人からそう見られているのだろうか。ふと不安が込み上げ、ブランド物のスーツの合わせに指を辿《たど》らせる。まるで変わっていないと言う言葉が耳に痛く響いた。

「今はステディな恋人がいるとかなんとかさっき言ってたが、どうせまたすぐ飽きるんだろうが。相手もおまえのその綺麗なツラとセックスの上手《うま》さに騙《だま》されて、一時的にのぼせ上がってるだけさ」

「よけいなお世話です」

ジーンは冷ややかに受け流した。

「あなたとこんなふうにして立ち話を続ける気はありません。失礼してもよろしいですか」

「なんなら、俺の口から彼にいろいろとためになりそうなことを教えてやろうか？」

マイケルは退かずに食い下がる。よほどジーンの態度が癇《かん》に障《さわ》ったらしい。

「彼？」

「惚《とぼ》けるな。あのフラワーアレンジをする日本人アーティストだ。西根恭平。今、業界でちらほら話題になっている男だが、まさかおまえと繋がっていたとは意外だったぜ」

「彼はただの知人です」

「嘘をつくな」

間髪《かんはつ》入れず決めつけられて、ジーンは言葉に詰まった。

マイケルは確信的な目つきをし、ジーンの顔に浮かんだ動揺をしっかり捉えて勝ち誇《ほこ》る。

「あいつが傍に来たときのおまえの顔、ただの知人に対するようなものじゃなかった。ジーン、あんまり俺を侮《あなど》るな。俺もプロだ。物を見る目には自信があるぞ」

「勘違いも甚《はなは》だしいな」

事実、西根とはまだ手を握り合ったことすらない。単なる知り合いと表現してもいっこうに差し支えないはずだ。それなのに、当のジーン本人ですら、なぜか心を偽《いつわ》り、思いつく限りの言い訳を考えて喋っている気分がするのはどうしたわけなのか、納得できなかった。

「……わたしの好みはあんな、昨日山から下りてきたばかりのような男じゃない」

「スーツの似合うエグゼクティブ、だったな、確か」

嫌みたらしく言い添えられてジーンは唇を噛む。

「悪いですか」

「悪くなんかないさ。高慢ちきで見栄っ張りなおまえらしい選択だ」

「あなたとは綺麗に別れたものだとばかり思っていたんですが、あなたはまだわたしに未練があるんですか」

「おまえ自身に未練はないが、ひと晩遊びで寝てみるだけの興味はまだある」

マイケルは臆面もなく言ってのけ、口元に酷薄な笑いを浮かべた。

「不愉快です」

人を何だと思っているのだ。

激しい怒りと屈辱感が腹の底から湧いてくる。

「もう二度とわたしに声をかけないでください！」

言い捨てるなりジーンは踵を返した。

地下鉄乗り場への階段を駆け下りる。

背中にマイケルの発する乾いた笑い声が浴びせかけられたが、無視して絶対に振り返らなかった。

頭の中は悔しさでいっぱいだ。

だが、考えてみるとそれも自業自得の気がした。初めに誠意のない態度を取ったのはジーンの方だ。マイケルがここぞとばかりに意趣返ししてきても無理はない。

昔は容貌だの体型だの財力だのと、付き合う男にいろいろと贅沢《ぜいたく》な注文ばかりつけていたくせに、最終的に選んだのはあの態か——たぶんマイケルはそう言ってジーンをばかにしたかったのだろう。

「だから、西根は関係ないと言ったのに……」

発車間際の列車に間一髪で飛び乗って、ジーンは荒げた息も整わぬうちから窓ガラスに向かって呟いた。

嫌な夜だ。気まぐれを起こしたばかりに、二度と会う気もなかった男に会い、自己嫌悪に陥らされるはめになった。

二十代前半の頃の自分の浅はかさが、今になってひしひしと身に沁《し》みてくる。

男同士でしか付き合えない自分を卑下《ひげ》し、どうせ誰とも一生連れ添うことなどできないと投げやりな気持ちになり、やりたい放題していたツケが、いっきに回ってきたようだ。

――基のせいだ。

ジーンは苦々しい思いを嚙み締める。

男同士だろうと関係なく幸せになれる可能性があるとジーンに知らしめ、それまでの考え方に疑問を抱かせたのは、間違いなく基だった。

あれ以来、ジーンはずっと気持ちを不安定にぐらつかせたままで、あろうことか、基の保護者的立場の男に監視込みで付きまとわれているうちに、心まで持っていかれかけている。

こんなふうに苛ついた気分になるのは西根に対してだけだ。どうすれば心が落ち着けられて、いつもの自分に戻れるのかわからない。

いっそのこと抱かれてみればいいのかもしれないとは考えたが、普段の関係からしていきなりそんなふうになる可能性は低そうだった。何しろ西根はまったくジーンの体に興味がなさそうなのだ。ジーンとしても、自分に無関心な男に寝てくれと迫るのなどプライドが傷つく。心の片隅で断られることを危惧して、予防線を張っているのかもしれない。

アパートメントに帰ると、しんと静まりかえった部屋が想像以上に虚《むな》しかった。

スーツを脱いでシャツとジーンズに着替え、コーヒーメーカーをセットする。

沸騰《ふっとう》した湯がボコボコと音をたててコーヒーを濾過《ろか》してビーカーに落ちる様を眺めつつ、そう言えばこんなふうにひとりで過ごす週末は久しぶりなのだと気づいた。特に意識してこなかったが、この一、二ヶ月の間というもの何かというと西根が構ってきて、やれドライブだ、映画だ、食事だと連れ回されていたのである。

誘い出されるたびに煩《わずら》わしさや面倒くささが先に立ったものの、いざ出かけると案外いつも楽しめて、おかげでよけいな寂しさを感じずにすんでいたことは間違いない。西根は実にうまくジーンの気を紛らわせてくれたのだ。それも、セックス抜きで。考えてみると驚異的なことだと思った。

大きめのマグカップに二杯分のコーヒーをなみなみと入れ、リビングに行く。そしてソファの上に両足を上げて座り込むと、やけどしそうに熱いコーヒーを啜《すす》った。

「西根……恭平。恭平、か」

誰もいないのをいいことに口の端に載せてみる。

恭平、と西根の名を発音するとき、妙な甘酸っぱさが胸の中に広がって、ジーンは柄にもなく照れくさくなった。絶対本人の前では言えない、と思う。

展示ホールで見てきた西根の作品の一つ一つが脳裏に浮かぶ。

フラワーアートというのがどんなもののことを指すのかすらあやふやな知識しか持たずに出かけたが、想像以上に素晴らしくて感動した。イマジネーション一つで、花や実や枝などの花材があんなふうに化けるものなのだ。自分には決してできないだろうと思えるだけに、それを目《ま》の当たりにしたときの驚きと感心は並ではなく、西根の才能に感嘆と羨望を覚えた。普段一緒にいるときには、それこそ花の名前の一つも知らなさそうな雰囲気なのに、実は業界でもぽつぽつ名前が挙がってくるほどだと言う。ちゃんと自分の目で確かめてきていても、まだジーンはどこか狐《きつね》に抓《つま》まれた気分でいた。作業中の西根を知らないからだろうか。

もう少し西根の作品を見てみたい気もする。

プラザ・マーク・ホテルに行けば、たぶん西根が生けた花というのが館内のどこかにディスプレイされているはずだが、そこが基の勤務先だということで、今ひとつ乗り気になれない。向こうもジーンとはなるべく顔を合わせたくないと敬遠しているに違いない。以前、思い切り意地の悪いことを言って傷つけたことがあり、しかもジーンは基には直接その件を謝っていなかった。謝るも何も、話をしたこと自体、そのとき一度きりだ。

きっと西根が好きなのは、基のように素直で優しく辛抱強いタイプなのだ。

自分とはまるで反対——ジーンは基を思い浮かべ、比べるべくもない、と引きつった笑いを洩らした。

だが次の瞬間には、西根がどんなタイプを好もうが全然関係ない話ではないかと、投げやりな気持ちになる。

ジーンは西根ではなく都筑のことを考えようと、半《なか》ば無理やり頭を切り換えかけたが、詰まるところそれも虚しいだけだと気づき、諦《あきら》めた。すでに他の人のものになっている男だ。ジーンには見向きもしない。

あるいはそれでも、都筑ならば心と体を割り切って二股かけた付き合いができるかと、一時はジーンも考えていた。何もジーンは都筑を縛りたいわけではない。ただ、セックスの相性はよかったから、できればこの先もうしばらく、お互い気持ちのいい関係を続けていたいと望んでいただけだ。しかし、いざ本気の恋に目覚めた途端、都筑は意外なくらい一途で身持ちの堅いところを見せてきて、正直、ジーンは非常に驚いた。

あれは相手が基だからなのだろう。

都筑が自分には決して本気にならなかったことを考えるにつけ、ジーンは気持ちが塞《ふさ》ぐ。いくら「遊び」と突っ張り、平気な振りをし通そうとしても、簡単にはいかない。やはり、落ち込んだ。誠実な心で素直に相手と向き合うことを避けてきたのだから、現況のようにある日突然孤独に見舞われても仕方がないとはいえ、他に八つ当たりしたくもなるのだ。

まだ西根が近くにいてくれる分ましなのかもしれないとは思う。

もっとありがたく感じるべきだろうか。

とりとめのないことをつらつら考えながらソファにじっとしていた。

せっかく二杯分入れたのに、コーヒーはカップの半ばまで飲んだところですでに冷め、ぼんやりと口を付けたときようやく気がついた。

冷めたコーヒーは苦手だ。いつもなら熱いうちに飲んでしまうのに、今夜はどうかしている。

ソファを降りて、もう一度キッチンに行こうとしかけたとき、来客を知らせるインターホンが鳴った。

咄嗟にジーンは西根だと思った。

マイケルという可能性もなくはなかったはずだが、それはすぐには頭に浮かばなかったのだ。訪ねてきたのはやはり西根で、ジーンはどんな態度で応対しようかと悩みながらドアを開け、心が定まる前に西根と顔を合わせることになった。

展示会場内で会った際には気が動転していて注意していなかったが、晴れの日だったにもかかわらず、西根は普段同様、作業着ではないことはわかるのだが、という程度のラフな服装だった。スーツを着ていればいくらなんでも気づいたはずなので、きっと会場でもこの、シャツにちょっとデザイナーズ・ブランド風の雰囲気があるワークパンツといった格好だったのだろう。

ジーンはほう、と溜息をついた。

気負いのない男だ。

もう少しどうにかならないのかと思う反面、これが一番西根らしい姿であるのも否定できず、どこまで行っても気取らず、感じのいい男でいるのだろうな、という安堵を感じた。

「どうしたんですか、こんな時間に？」

「ん？　ああ、もう九時か」

どうやら西根は誰かと食事をして軽く飲んできた後らしい。頬に微かに赤みが差している。しかし、特に酔っているふうではなかった。

「食事、すんだのか？」

腕時計から目を離した西根が、真摯な表情でジーンの瞳をひたと見据えてくる。

食べた——と嘘はつけなかった。嘘を言ったところで見破られたに違いない。

「上着、取って来いよ」

「えっ？」

「いいから早く！」

強い調子で促され、ジーンはなぜ西根の言いなりに動くんだ、と抗《あらが》えなかった自分に文句をつけつつも、ジャケットを取りに行っていた。

いざとなると西根は案外押しが強い。ジーンは不服に感じながら、なぜか逆らえなかった。

「強引ですね」

先に立って階段を下りていく西根の背中に向かって声をかける。それでも、強引にされるのが本気で嫌なわけではないと感じている自分にいささか驚いていた。

西根は特に何も反応しなかった。

建物の外に出てようやくジーンを振り返り、いつもと変わらぬ感じのいい親しげな顔を向けてくる。ジーンも、もともと怒っているわけでもないので、自然と苦笑してしまった。これが西根の手だとするとジーンはまんまとごまかされたことになるのだろう。

「どこか行きたいところはないか?」

「べつに」

ない、とそっけない返事をしかけたが、ふと、西根をからかってみたくなり気を変えた。

「たまにはバーに連れていってくれませんか。綺麗な夜景が眺められる、雰囲気のいいバー。それなら付き合いますよ。今日は車は置いてきたんでしょう?」

「バー、ね……」

西根は顎《あご》の無精髭を撫でながら、難しく考え込む。

ジーンは少しだけ溜飲《りゅういん》を下げた。たまには西根の困った顔を見たいと思ったのだ。たぶんそんな洒落《しゃれ》た場所にはほとんど行ったことがないだろうと見当を付けた上で、あえて試すような意地悪をした。

あれこれ頭の中で思いつく限りの知識を総動員させている様子の西根をじっと待ちながら、さていったいどう答えるのかとジーンは胸の内でほくそ笑んでいた。知らない、とギブアップするのなら、「じゃあ行かない」と天《あま》の邪鬼《じゃく》の返事をして部屋に戻るつもりだ。それでもきっと西根はジーンを引き留めようとするだろう。ジーンは西根に無意識のうちにそれを求めていたのかもしれない。断っても諦めずに食い下がって欲しいという、欲深で傲慢《ごうまん》な気持ちが心のどこかに巣くっているのを感じる。もっと西根に構われたいと思っている自分に気づき、ジーンはばかばかしさに呆れた。まるでだだっ子と一緒だ。我ながら情けない。だが、そうと自覚できても、誘惑を退《しりぞ》けることはできなかった。

「まぁいいか」

西根の低い呟きにジーンははっと我に返る。

顎から手を離した西根が、ニヤッと小気味よさげに笑う。黒い瞳も楽しげだった。

「たぶんきみも何度も行っている場所だろうとは思うが、手始めだ。タイムズスクエアのカトルセゾンに行こう。あそこならシーフードが旨いし、夜景も綺麗だ。そんなにしゃちほこばった格式の高いところでもないから、俺のこの上着なしの格好でも入れてくれるだろう」

「西根さん」

いろいろ考え込んでいたのは、場所にさっぱり心当たりがないからではなく、服装のことなども考慮した上で選んでいたからのようだ。淀《よど》みのない西根の口調からジーンはそれを感じ取り、またもや負けた気分になる。

「行くぞ」

ポン、と軽く肩を抱くようにして叩かれた。

すぐに手は離れたが、ジーンは触れられた場所に西根の温もりが残っているのを感じ、じわっと胸が熱くなった。

急に人肌が恋しくなってくる。

もうかれこれ五ヶ月近く、誰とも寝ていない。キスすらしていない。これはジーンにしてはかなり長いブランクだ。初めて男を知って以来、それほど間が空くことなく、常に誰かが傍にいた。都筑にはっきり振られるまでは、なんとなくもう少し待てば都筑が自分の元に戻ってくる気がして、余裕で構えていたのだ。ジーンは付き合う相手は取っ替え引っ替えするものの、行きずりの男と一度限りの関係を持ったり、二股かけたりといったことはしない。行きずりの関係に縋《すが》るほど落ちぶれていないし、二股は面倒だからだ。

結局、いくら待っても都筑はもうジーンとは続ける気がないと知らされても、しばらくは気持ちが乱れて、次の男を探す余裕はなかった。そうこうしているうちに、西根がちょくちょく誘ってくれるようになり、大方の目的は基を守るためだと承知していても、楽しいことは楽しかったので、恋人探しがうやむやになっていた。

もし、とジーンは思いつく。

もしもジーンが新しい恋人を見つけたら、西根は静かに離れていくのだろうか。ああもうこれで安心だと判断し、ジーンの面倒は新たな恋人に任せ、自分は元通りの生活に戻るつもりだろうか。

実は西根にはちゃんとべつに恋人がいるのかもしれない……。

今まで頭を掠めもしなかった可能性が、突如浮かんでくる。

そうだ。なぜずっとそれに考えつけなかったのだろう。べつに週末をジーンと過ごすからといっても、恋人がいないとは言い切れない。たとえば、基のようにサービス業に従事する相手なら、休みは平日に合わせることもできるのだ。

いかにももっともそうな可能性に思い至ると、早速それが事実に他ならない気がしてくる。

ジーンは西根の顔をちらりと横目に見て、確かめもしないうちから勝手に納得した。

無精髭のせいかなんともむさ苦しい印象は受けるものの、西根は顔立ち自体は整っていて、いわゆる男前の部類に入る方だ。その上、仕事でもなかなかの評価を受け、前途洋々としているのだとすれば、もてないはずがない。西根の性格のよさに関しては、ジーンも認めないわけにはいかなかった。西根は辛抱強くて鷹揚《おうよう》で、締めるべきところはビシッと締まった、ある意味理想的な男だ。女性ならきっと頼りがいがあって惚《ほ》れるだろう。いや、もしかすると女性でなくても、西根にその気が多少なりともあるのなら、傍にいて欲しいと思うに違いない。好みではないと強情に言い張るジーンですら、ふとした拍子にそう感じるくらいだ。

「どうした？」

地下鉄の中でも、降りてブロードウェイを歩き始めてからも、黙りこくったままのジーンに、西根が眉を寄せた心配そうな顔つきで問いかけてくる。

「なんでもありません」

ジーンはわざと煩わしそうに返事をし、構わないでくれ、という雰囲気を自分に纏わせた。

「どうやら、今夜はいつにも増してご機嫌斜めのようだな」

西根はさらりと言ったのだが、ジーンには「いつにも増して」という言い方が妙に神経を逆撫でし、ムッとした。

「わたしがあなたを誘ったわけじゃないでしょう？　嫌なら帰ったっていいんですよ？」

「嫌なはずないだろ」

怒ったジーンに西根は参った様子で何度も瞬《まばた》きする。

「なんというか、今夜きみを放っておくと、俺はきみが心配で寝つけそうにない気がしたんだ。たぶんただの取り越し苦労なんだろうが」

「もしかするとまだマイケルのことを気にしているんですか？」

「マイケル？　ああ、さっきのカメラマンか。やはり知り合いだったのか」

「ものすごく親密な知り合いでしたよ。過去の話ですけどね」

ジーンはかなり自棄《やけ》を起こしていたのだろう。

言えない、知られたくないと思っていたはずのことを、こんなところであっさり暴露してしまった。それというのも、西根には恋人がいるのだという、勝手な思い込みに頭を占拠され、こうやって一緒にいるのもすべて基のため、という考えに心が冷え冷えとしてきたからだ。虚しくてたまらなかった。

「そうか」

ジーンが意味深な発言をしても、西根は低い声で短く受け答えしただけだ。それ以上は何も聞こうとしない。表情も、いくぶん硬くなっている印象はあったが、はっきりとした感情が現れているわけではない。端から見れば無反応に近かっただろう。

ルネス・ホテル内にあるカトルセゾンは、タイムズスクエアの交差点が眺め渡せる、知る人ぞ知るレストランだ。バーに行きたい、と言った希望からは微妙に外れるのだが、夜景は素晴らしいし、まだコーヒーしか飲んでいないジーンの胃袋のためには、まさにうってつけの選択と認めるほかなかった。西根はジーンのことをよく理解している。強情を張って正直に言えなくても、何が必要か、何をすれば適切か、的確に察してくれていることがとても多い。

「食事をすませたら、バーの方に移動しよう」

テーブルに着いてオーダーを済ませ、ナプキンを膝に広げたところで西根が言ってくれた。

「べつにここだけでいいです」

気恥ずかしさからジーンはつんとそっぽを向く。あくまでもジーンの我儘《わがまま》を気にかけてくれる西根の人のよさが小憎らしい。そもそも、西根を困らせようとしてわざと言っただけだ。自分がひどく嫌な人間のように思えてくる。

「西根さん、それほどお酒飲まないんでしょう？」

「そんなこともない。たぶんきみと競ってみても、そうひけは取らないはずだ。前に都筑と飲んだときにも負けなかったからな」

「ボスと、飲んだんですか？」

知らなかった。ジーンは自分ひとり蚊帳《かや》の外に置かれているのを感じ、疎外感を味わわされた。どうせ基も一緒だったに違いないと思ったからだ。

しかし、西根は「ああ」と頷くと、前に一度だけ二人で飲んだ、と続け、またもやジーンを意外な気分にさせた。

「いつの間にそんなに意気投合していたんですか」

「なんとなくその場の雰囲気で飲みに行くことになっただけさ。もっとも、俺たちはもともとべつに仲が悪いわけじゃないからな」

「でも、基さんのことではボスに対して不愉快な思いを抱《いだ》いていたはずでしょう?」

「確かに一時はそうだった。だが、今は都筑も心を入れ替えて、可愛がりすぎだろうってくらい基を大事にしているようだ。役目を奪われて、多少悔しい気もしないじゃないが、どのみち俺と都筑では基にとって存在意義が違ったんだから、ここは潔《いさぎよ》く都筑に任せて俺は俺の気になるやつに構うことにしたわけだ」

そう言って西根はジーンを真っ向から真摯な眼差しで見つめてくる。

気になるやつ、とはジーンのことなのだろうか。それ以外には考えられないとわかっていても、ジーンは完全に信じ切れなくて、どう返事をすればいいのか悩んだ。西根はジーンと比べるとかなり率直だ。ところが、ジーンの方がこういうシチュエーションに不慣れなことが多く、結局うやむやにしてしまう。

目を伏せてテーブルに視線を落としたところに、給仕がワインを運んできて、会話を中断せざるを得なくなる。

テイスティングは西根がした。場慣れしていて様になっている。ジーンは何一つ気を揉む必要がなく、安心して西根に給仕とのやりとりを任せておけた。

「そういえば、きみとこうして本格的に酒を飲むのは初めてだな」

グラスを軽く触れ合わせて乾杯するとき、西根は今気づいたように言い出した。

「だからわたしは、西根さんは飲めない方なのかと思っていたんです。まさか、ボスとは飲みに行かれていたなんて知りませんでしたから」

「もしかして、きみを置いて二人で行ったことに拗《す》ねているのか？」

「ま、まさか！」

ジーンはたちまち頬を赤くして、強い調子で否定する。基も入れた三人で行ったというのなら、それは確かに不愉快で、多少怒って拗ねたかもしれないが、都筑と二人だけなら、まだ心を広く保っていられる。だが、それをそのまま西根に告げるのは憚られた。まだそんなに基を意識して狭量な気持ちでいるのか、と思われそうで、嫌だった。

「ジーン、俺は正直言って、そのとききみを誘う気にはなれなかったんだ」

今度は冗談のかけらも窺わせない口調と表情で、西根がジーンの胸をグサリと貫くようなことを白状する。

「……どういう意味ですか？」

手厳しく拒絶されている——のだろうか。まずそう考えた。基をよけいなことで傷つけないためにも、都筑とはあまり関わって欲しくない、そう言っているのかと思った。

頭の芯が冷たく冷えてくるようだ。

西根の頭の中の優先順位はいつでも基が一番だ。基には都筑がいるから西根の出る幕はないはずなのに、ばかみたいに甘やかして猫かわいがりする。

どうしようもなくむかついた。

聞いて真意を確かめたい気持ちと、このまま耳を塞いでしまい、何も聞かなかったことにしたい気持ちとが錯綜《さくそう》する。

勝っていたのは、やはりどれだけ傷ついていてもはっきりさせておきたいという気持ちの方だった。

「どういう意味でそんなふうに言うのか知りたいです」

ジーンは傷ついたことが伝わらないよう、できる限り感情を殺して言い添えた。

西根はワインを一口飲むと、答えづらそうに視線を逸らす。

「わからないか?」

「あいにくですが、わたしは超能力者ではありませんので」

「要するに、きみと都筑を親しく飲ませるのが嫌だっただけさ。俺も心が狭い男だとつくづく思うんだが」

「まったくですね」

不機嫌な声音のまま、ジーンは身も蓋もない相槌を打つ。まだ基のためにジーンを都筑とプライベートで極力近づかせないようにしたいと考えているのかと思うと、不快だった。

ジーンの態度がまさしく子供が拗ねている感じでおかしかったのか、西根はふっと唇を綻《ほころ》ばせ、含み笑いした。

「念のために聞くが、誤解、してないか?」

「するはずがないでしょう」

どのあたりがどう誤解だと思っているのかも聞かないまま、ジーンはムキになって答える。

西根は先ほどよりももっとあからさまに揶揄した笑いを浮かべた。

「きみは本当に怒りっぽいんだな」

「申し訳ないですね、人間ができていないものですから」

「それはお互い様だ」

「あなたは、わたしなんかと比べると、いくぶんマシですよ。あんな綺麗な芸術作品が生み出せるだけの才能にも恵まれているようだし」

喋っている間につい口が滑り、ぽろりと合同アート展で受けた感銘《かんめい》まで西根に伝えてしまった。言葉にした後でぎょっとしたが、すでに取り繕いようもなく、西根の顔に浮かんだ気負いも衒《てら》いもない素直に喜ぶ顔を見ると、もういい、と開き直るしかなかった。

「そう、そうだった。俺としたことが、カメラマンとのことばかり気になっていて、肝心の話をするのを忘れていたよ。ジーン、今日は来てくれて本当にありがとう」

「そ、……そんな、やめてくれませんか。……近くを通りかかったついでに立ち寄ってみただけなんです。実際のところ、二点か三点しか見てないんですし」

こういう場面になるとジーンはどうしようもなく要領が悪くなる。そして、ついても何の意味もない嘘をつき、ますます自分で身動きが取りづらい状況に嵌り込んでいってしまう。それよりは、ちゃんと西根の作品に関心があって来場したこと、全作品鑑賞して堪能させてもらったこと、未知の世界に感動したこと、そして、もっと他の作品も見たいと思ったことなどを伝えた方が、西根も嬉しいし、今後よりいっそう励みになるかもしれない。それにもかかわらず、ジーンはついつい自分のつまらないプライドを優先させ、誰の利にもならないことを言って、素直になるのを拒むのだ。なぜなのか、自分自身理解に苦しむ。

ほんのちょっと覗《のぞ》いただけだというジーンの言葉にも、西根は頷いただけで、笑みは崩さない。

「開催期間中、一度ちょっと顔を見せてくれたらそれでよかったんだ。それが、初日に来てくれていたとは思いもかけず、驚いた。不意打ちに遭わされたようなものだ。最初きみの姿を見つけたときには目を疑ったよ。俺は奥の部屋で一時間ほどインタビューを受けていたんだが、もしその間にきみが帰ってしまっていたら、ずっと来てくれたことに気づかなかったに違いない。なにしろ、きみはとてつもなく意地っ張りだから、きっと俺に何も言わず、知らん顔して自分ひとりほくそ笑んでいただろうからな」

「ずいぶんな言いようですね」

ジーンが唇を尖らせても、西根は悪びれない顔で「だが外れちゃいないだろう?」と返した。そう聞かれると、ジーンとしても西根の言う通りだと思うので、否定できなかった。

食事の皿が運ばれ始める。

西根と一緒のとき、不思議とジーンは食欲旺盛《おうせい》になる。普段はほとんど食べなくても平気でいられるのに、西根がいると食べることが楽しみの一つに感じられ、しっかりお腹が空くのだ。おそらく、西根にはこれでもずいぶん気を許し、素顔に近い自分を見せているのだろう。気取らず遠慮せず、もしかするとかなり甘えている部分も多いのかもしれない。おかしなものだった。これまで付き合ってきた男たちには、ベッドの上で相当際どくはしたない姿も見せてきたはずだが、西根との間に感じるような親しみは、ついぞ抱いたこともない。もっぱらクールに見せようと、自己を作り、演出するのに精いっぱいで、一刻も気が抜けなかった覚えがある。むろん、都筑に対してもそうだった。

「初めて一緒に食事をしたときよりも、ずっとたくさん食べるようになったたな」

まるで今ジーンが考えていたことを読んだかのように、西根が言って目を細めた。

「そうですか?」

ジーンはここでもまた空惚けてしまう。これはもう性分なのだ。

「きっとあのときは、ボスもいて、三人でいるのが初めてだったからわたしも緊張していたんでしょう」

「もちろん、それもあるだろうが」

「……あなたと二人だと、緊張のしようもないですからね」

そんなふうに言うと西根がどういう意味に捉えるのかもわからないまま、ジーンは深く考えず言葉にした。ナイフとフォークを扱う指は止めず、視線も皿に向けていたので、それを聞いた西根がどんな表情をしたのかは確かめなかった。

西根は少し間を開けて、複雑そうな声で返事をした。

「それは、光栄と答えるべきなんだろうな……？」

「え？」

言葉が少し聞き取りにくかった上、食べ物を噛んでいて、西根がなんと言ったのか今ひとつしっかり聞いていなかったジーンは、西根を訝しげに見た。

「なんでもない」

珍しく西根が奥歯に物の挟まったような曖昧《あいまい》なまま言葉を濁《にご》す。

いったんは口に出したはずのことを、そんなふうにごまかされると、もともと結構気が短くて、些細なことでもカチンときてしまう性質のジーンは、気分が悪くなって聞き流せず、西根に食い下がった。

「どうしてここでそんな適当な返事をするんです？　わたしはそういうはっきりしないことが、とても嫌です。気になるでしょう？」

「何をそう怒るんだ」

西根は面食らったらしく、まともに困惑した顔をする。

「まったく、きみは本当に短気だな。怒ってばかりだとせっかくの美貌が台無しになるぜ」

「どういたしまして。わたしは自分の顔がどの程度のものか、ちゃんと弁《わきま》えています」

ジーンは冷ややかに言った。

そしてさらに心の中で付け加える。

――顔も性格もあなたの好みじゃないことも。

さすがにそれを言葉にすることはできなかった。卑屈になりすぎているようで、あまりにもみっともない。それに、冷静になって考えれば、べつに西根の好みに合おうと合うまいと、ジーンには関係のないことだ。なにも西根に気に入られる必要もない。

絡んでいるだけなのはジーンにもわかっていた。

西根の前ではいつも、他の誰といるときより容赦なく感情のままに振る舞いがちになる。今夜は特に気が立っているようで、機嫌の悪さを取り繕う余裕もなく西根に当たり散らしてしまう。

西根はさぞや辟易《へきえき》していることだろう。やはり誘うのではなかったと、今頃胸の内で後悔しているかもしれない。

ジーンは西根が今すぐ席を立って帰ったとしても、文句は言えない態度を取っていると自覚していた。

しかし、西根はとことん辛抱強くできているらしく、愛想を尽かした様子もなく、「ジーン」と穏やかに、宥めるような声で呼びかける。

「気に障ったのなら謝るよ」

西根は思いがけないことを言ってきた。

ジーンは小さく息を呑み、じわじわと込み上げてきたばつの悪さに、この場をどう収めればよいのかわからなくなった。

「食事がすんだら、ちょっと飲みに行こう。付き合ってもらえないか？」

「……あなたが、どうしてもそうしたいと言うのなら、付き合ってあげてもいいです」

さっきまであれほど突っ張ってみせていたため、ここで急には態度をあらためきれず、ジーンはあくまでも高飛車な了承の仕方をした。

西根がふっと笑う。

ジーンの天の邪鬼ぶりにはもう慣れた、額面通りに言葉を受け取らないくらいの懐の深さは持ち合わせているぞ——言葉にすれば、そんなふうに言っているような微笑《ほほえ》みだ。

西根に比べればいかに自分が矮小《わいしょう》な人間か、思い知らされる。

最近、ジーンは自分自身が少しも好きになれない。嫌な人間だ、最低だ、もうどうでもいい、などと自棄になってしまうことが増えた。落ち込みのループをぐるぐると回っていて、いつまで経っても抜け出せずに足掻《あが》いているようだ。

その後も西根は懲《こ》りずにジーンにいろいろ話しかけ、せっかくのレストランでの食事が気まずい雰囲気にならないように気を遣ってくれた。おかげでジーンもずいぶん楽になった。西根とは知り合ってほんのひと月かふた月にしかならないが、今や最もジーンの扱いに手慣れた相手だ。

約束通り、食後はバーに移動した。

どこかべつの場所に行こうかとも言われたのだが、面倒だからホテルの中にあるバーでいいとジーンが断った。

レストランの隣にあるメインバーは、ほどよく混んでいた。

中程のテーブル席は落ち着けないので嫌だと言って、給仕に壁際の奥の方に案内させる。

「俺はスコッチをダブルで。きみは？」

「ブランデーをください」

オーダーを取った給仕が立ち去ると、ジーンはふいと顔を横に逸らした。

「どうしてそうじろじろ人の顔を見るんです」

さっきからずっと西根に見つめられている気がする。今のジーンは人に注目されるのが嫌だった。自分に不安を感じているので、堂々としていられない。なんだか、あら探しをされているように思うのだ。

「ん？　いや……もしきみをフラワーアートで表すとしたら、俺ならどんな作品にするかなと考えていたんだ」

「迷惑です」

本当はまんざらでもなかったが、ジーンはすげなくする。どんなふうに表現するのか見てみたい気持ちもあるのだが、つまるところそれは、西根がジーンをどう捉えているのかの発露に他ならず、それを面と向かって突きつけられるのが恐くもあった。

柄にもない。

ジーンはすっかり自分らしさを失っている気がして、唇を噛む。

落ち着き払った顔つきで、静かにグラスを傾ける西根が無性に癪《しゃく》だった。

苛々を酒で流し去るように、立て続けにブランデーを呷る。

「ジーン」

無茶のしすぎと心配したのか、西根が眉を顰めた。腕を伸ばしてきて、グラスを手にしたジーンの右手首を押さえるように摑む。

予期せぬことに、ジーンは肩を揺らしておののいた。

まっすぐジーンを見据えた西根の瞳には、窘《たしな》めるというより咎《とが》めるに近い色が浮かんでいる。

どうして西根にこんな目で見られなくてはいけないのだろう。恋人どころか友人だと認めているかどうかも曖昧な相手なのに。西根自身いつも中途半端で、いったいどんなスタンスでジーンに関わってきているのか、一度たりともはっきりさせたことがないくせに。

……卑怯だ。

そんなに心配したいのなら、それなりの関係を持ってからにするべきではないのか。一回も寝たことのない男に、我が物顔で忠告されたくはない。

冷静になってみると、理に適わない傲慢なことを求めているのはジーンの方だとわかったはずだが、この場ではそんなふうには考えられなかった。

ジーンはその西根の腕に、もう一方の手を触れさせ、握った。

「寝ませんか」

口にしてから自分でもギョッとしたが、すでに取り返しはつかなかった。そうすると後は、自棄になって開き直るしかない。

西根の表情がにわかに強張る。

「……どうせ本気じゃないんだろう?」

本気なはずないよな、と半ば決めつけたような問いかけだった。

心の中でジーンは激しく葛藤し、混乱し、動揺していた。

なぜこんなむちゃくちゃなことをしたのか、自分で自分が信じられない。その気のない男を自分から誘うなど、これまでには決してなかったパターンだ。この男は脈がある、誘えばきっと拒絶されないという確信が持てたときにしか手を出さずにきたからこそ、ずっと傷つかずにこられたのだ。

そこまで考えてはっとした。

自分は決して弱くなどない、この先ひとりで生きなくてはいけなくなっても大丈夫。ずっとこんなふうに言い聞かせてきたが、実際、ジーンは自分が考えているほど強くなく、むしろ普通よりも脆《もろ》くて傷つきやすい性質なのではなかろうか。だからこそ、無意識のうちに傷つくことを避け、正面から人とぶつかり合わないようにしてきたのでは、と思いつく。

「答えろ、ジーン」

西根の声が僅かに険を帯びる。

さすがに今度ばかりは不愉快だったようだ。

無理はない。最初から、西根はそんなつもりでジーンを誘っていたわけではなかったのだ。

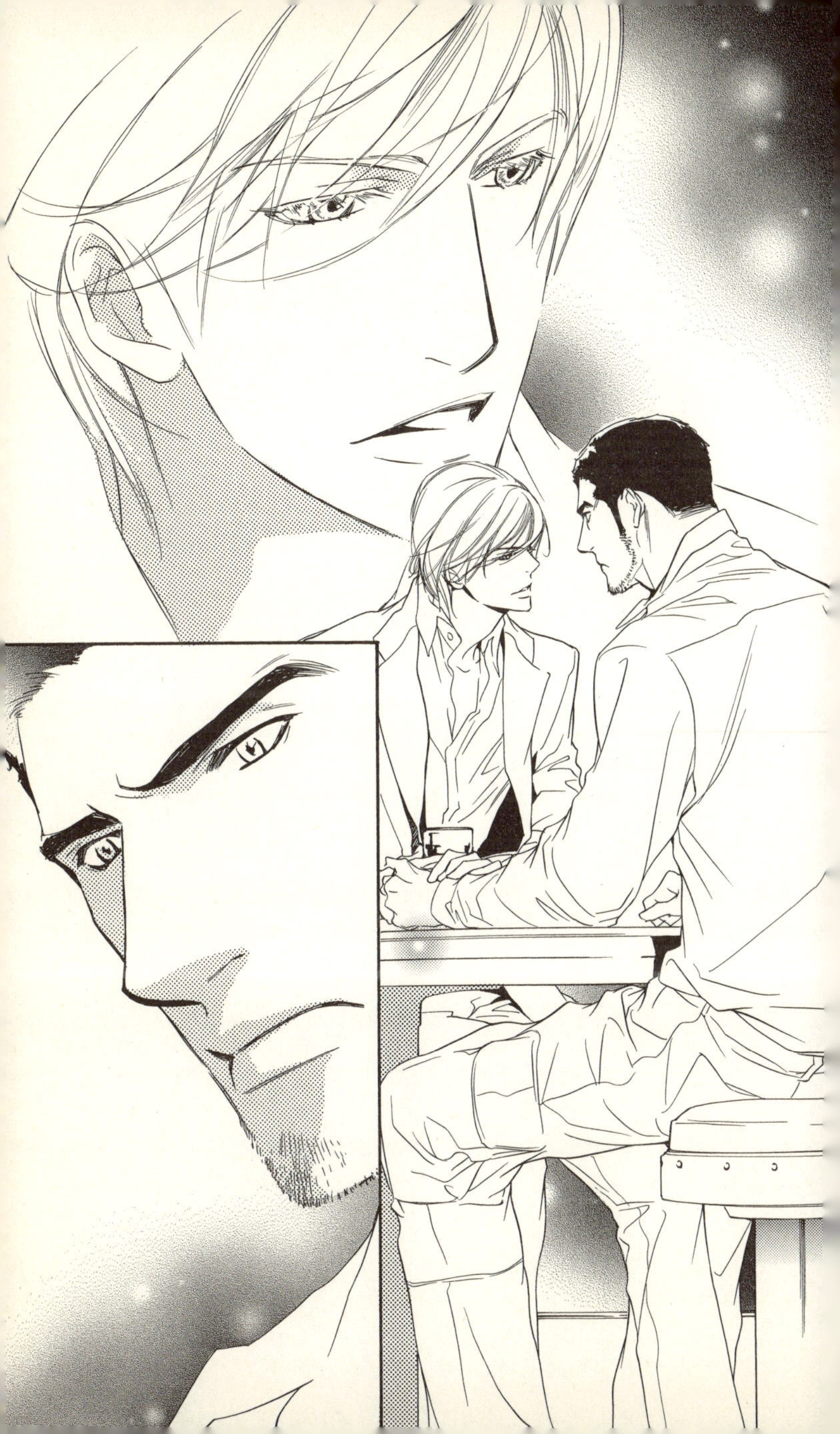

しかし、ここまでくると、ジーンも退くに退けなくなる。

「本気じゃないならなんだと言うんです？　遊びですか。遊びだといけませんか？」

「きみは遊びで俺と寝たいのか？」

「べつに、あなたじゃなくても構わないんですよ、わたしは」

「ばかを言うな！」

辺りを憚り、押し殺した感じの声ではあったが、それでもジーンは西根にぴしゃりとはねつけられて、びくっと首を竦ませた。

西根がいささか乱暴にジーンの手を振り払う。すでに手首は放されていたが、衝撃がグラスにも伝わり、中のブランデーが大きく揺れた。

「きみはもっと自分のことを考えろ」

どういう意味なのか、よくわからなかった。

怒られて、拒絶されて、ジーンの頭の中は乱れすぎている。

「送る」

いきなり西根は立ち上がった。

まだここに来て三十分も経っていない。だが、西根はこれ以上長居をしてジーンと向き合っている気はなさそうだ。

ジーンは素直に言うことを聞く気になれず、意固地になった。

「帰るなら勝手に帰ればいいでしょう。わたしはもう少しここにいます」

「いくら待っても都筑は来ないぜ」

「……！」

鋭い皮肉を投げつけられ、ジーンは頭の中が怒りと悔しさと羞恥で真っ白になる。

弾《はじ》かれたように立ち上がり、脇目もふらず足早に歩き出す。

「ジーン！」

すぐに西根も後を追ってきた。

「ジーン、待て」

大股で追いついてきた西根に一度腕を取られたが、ジーンは無言で勢いよく振り解く。

「悪かった！　失言だ、ジーン。謝る！」

西根はジーンを激高させるような発言をしたことを激しく後悔しているようだった。思わずあんなふうに言ってしまったらしく、西根も動揺していた。

「頼むから待ってくれ」

出入り口の手前でもう一度腕を掴まれた。

「放してください」

しかし、今度は西根の力が強くて離れられない。

キッと振り返って睨みつけた西根の顔は、血の気をなくして硬く強張っていて、この上なく真剣だった。

「頼む、ジーン。……ひとりでは帰せない」

送らせてくれ、と西根は頭を下げた。

強引なのか、礼儀正しいのか、わからない。ただ、西根が強い意志を持っていることはひしひしと感じられる。西根の誠意が胸に沁みた。さすがにこの上まだ逆らう気にはなれず、ジーンは冷たい声のままではあったが、「ご勝手に」と呟いた。

西根の表情がホッとしたように少し緩む。

「ありがとう」

西根はジーンの腕を躊躇いがちに放した。今放すと、ジーンが言葉とは裏腹に逃げていってしまうのではないかと不安に感じているようだったが、信じることにしたらしい。心許なげに揺れる黒い瞳が、そんな西根の心を語っていた。

逃げようと思えば逃げられたが、西根の目を見たジーンは、そうする気になれなかった。

ここで西根の信頼を裏切ると、後々自分が後悔しそうな予感がしたのだ。

西根が精算を済ませるのを待つ間、ジーンは高ぶっていた気持ちを徐々に落ち着かせた。そして傍らに西根が戻ってきたときには、礼を言うだけの余裕を示すことができた。

「……ごちそうさまでした」

「いや。半端なことになってしまって、悪かったと思っている」

ジーン同様に、西根もすでに普段の彼を取り戻していた。

肩を並べてホテルを出たふたりは、地下鉄の駅を目指して歩きながら、ぽつりぽつりと会話した。まだお互い完全に蟠《わだかま》りを消し去れたわけではないようだ。確かに、そんなに簡単になかったことにしてしまえるような、軽い言い合いではなかった。互いに相手を傷つけた自覚をはっきり持っていて、それを気にしながら相手の出方を窺っている感じだ。

地下鉄のホームに立って電車を待つ間、とうとう西根は、それまでしていた当たり障りのない会話をやめた。

「できれば、もう、あんなふうに言うのはやめてほしい」

「……あんなふうって……?」

俯いてホームの端を見ながらジーンは聞き返す。おおかた何が言いたいのかはわかっていたが、もう少し西根の気持ちを知りたかったので惚けてみせたのだ。

西根はどう言うべきか迷うような間を作る。話が話なので慎重になったようだ。

やがてまた口を開いたときにも、言葉の端々に微かな躊躇いが覗いていた。

「もっと自分を大切にしてくれないか？　男なら誰でもいいようにきみは言うが、俺にはどうしてもきみが本気でそう思っているようにはみえない。きみは突っ張っているだけだ。意地になっているだけなんだ。違うか？」

ジーンは相槌も打たず、黙って聞くだけで精一杯だった。だんだん西根の手で心を裸にされていくようで、恐い。胸が不安に騒ぐ。問いかけて話を続けさせたことを後悔した。

「きみは、都筑を忘れられないんだろう。それも無理はないな。認めるのは癪だが、あいつは魅力のある男だ。運も度胸もあって仕事は順調だし、あの通りハンサムで体つきも惚れ惚れするほど立派だ。たまに感情的すぎるところはあるが、そもそも欠点のない人間なんかいない。そのぶん情も深いと思う。なにより、誠実なところを俺は買っている。つまり、世間一般の男からすれば、まぁ、できた部類に入るだろう」

都筑の話は正直聞きたくない。ことに、西根の口からは聞きたくなかった。

もう、終わったことだ。いや違う。ジーンとはたぶん、始まってもいなかった。

耳を塞ぎたかったが、それすら叶わなかった。緊張して腕が動かない。

「きみは否定するが、俺には、きみはやはりあいつが好きだったんだとしか思えない。体だけで満足していたというのは虚勢だ。もし本当にそうなら、とっくに忘れて、新しい男を探しているはずだ」

ゴウゴウと遠くから電車がやってくる音が聞こえてくる。

ただでさえ低く囁《ささや》くようだった西根の声は、ところどころかき消されがちになる。

「俺がさっき……て欲しいと頼……のは、……が自分を貶《おとし》め……なことをしたり言った……ことだ」

「聞こえません」

とぎれとぎれでありながらも、面と向かって触れられたくないことに話が及ぶのを察し、がまんできなくなる。ジーンは聞き取れなくてわからなかったかに装い、西根の耳元で大きな声を出し、この話をやめさせようとした。

しかし、西根もここは退かなかった。

「要するに、きみが好きなのは俺みたいな男じゃなく、都筑のような男なんだろう。なのに、自棄を起こして体だけ投げ出すようなまねは二度とするな。俺もそういうのは不愉快なんだ」

電車がホームに入ってくる。

西根はその轟音《ごうおん》に負けないようにジーンの耳に顔を近づけて言い、そのまま口を噤《つぐ》んだ。

「……不愉快なのは、こっちもです」

ジーンはボソリと返し、降りる客が途絶えるなりさっさと電車に乗り込んだ。

西根も後からすぐやってくる。

「あなたが誰を好きなのかくらい、わたしだって知っている」

それなのに、我慢してこんなふうにジーンに付き合う西根が、無性に腹立たしくなった。

好きでもないくせに。

抱くつもりもないくせに。

なぜ、気にだけかけて、ひとりでは帰せないなどと大事そうにするのか、理解できない。

「それじゃあ、おやすみ」

いつものごとく西根はジーンをわざわざ部屋の前まで送ると、指一本触れるでもなく帰っていった。

ジーンには強い虚しさと人恋しさだけが残された。

3

ひとりきりの部屋は、その夜、特に広く、寒々しく感じた。

ジーンが借りているアパートメントは、一番街の23丁目付近に建つ、ヨーロピアンテイストの古い物件である。2ベッドルームにリビングという間取りの室内は、古いが手入れは行き届いていて、住み心地は快適だ。ニューヨーク唯一のプライベートな住宅街という場所柄、環境もいい。ここに越してきたのは都筑のオフィスに勤め始めた直後からなので、かれこれ三年半にはなるだろう。

すっかり馴染んでいるはずの部屋にいても、ジーンは少しも落ち着けなかった。

上着は脱いだが、そこから先は何もする気になれず、しばらくリビングのソファに座り、ぼんやりしていた。

さっき別れたばかりの西根の、遠ざかっていく広い背中を思い出す。

ジーンは慌てて首を振り、蜂蜜色の髪を掻き上げた。癖のないさらさらした髪が指の隙間を流れていく。

つい数ヶ月前までは、誰かとどこかに出かけて食事やセックスを楽しんだ後、部屋でひとりになるのが好きだった。ホッと一息ついて、気が抜けた。間違っても寂しいなどと感じたことはない。体を繋いで頭の芯が痺れるような陶酔を得るのは好きだが、事後にいつまでもべたべたと体を撫で回されたり、キスされたりするのは苦手で、早く帰りたいと思っていたものだ。

この部屋はジーンのプライベートなテリトリーで、これまで誰かをここに連れ込んでセックスしたことはない。するときは、いつも相手の部屋かホテルだった。

たぶん、ジーンは根本的にあまり人付き合いの達者な方ではないのだろう。

他人といると疲れる。向き合っているときには意識しなくても、ひとりになった途端いっきに虚脱してほっと安堵するのは、自分も知らないうちに気を張っている証拠だ。

きみは意地になっている、虚勢を張っているだけだ——西根はそう言い、焦《じ》れったそうにジーンを見た。

ばかばかしい。何に対して意地になっていると言うのだろう。

虚勢も意地も張ってない。こんなふうにしか振る舞えないのはもともとの性格だ。よく知りもしないくせに、勝手なことばかり——！

ジーンといて苛つく、不愉快になるのなら、もう誘わなければいいだけだ。これまで一度たりともジーンから西根を呼び出した覚えはない。

今日、展示会に行ったのも、西根が来てくれと頼んだからだ。

頼まれなければ絶対行かなかった。花にも絵にもたいして興味はないし、もちろん、西根自身にもどんな関心も持っていないのだから、行く理由がない。

暇だったから。

たまたま通り道だったから。

ジーンは次から次へと心の中で自分のしたことに理由付けをしていきながら、だんだん心許なくなってきた。すればするほど言い訳じみて感じられ、納得するどころか、よけい不安を煽られる。

とうとうジーンは首を激しく振って椅子から立ち上がると、洗面所に行った。

蛇口《じゃぐち》の下に頭を突っ込み、水を浴びせかける。

髪が頬や額に張りつき、流れ落ちる水が肌を伝って襟元まで濡らす。

ジーンはもやもやとしたものが胸の中から去るまでそうしていようと思ったが、いつまで経ってもどうにもならず、むしろ苛立ちは募る一方で、とうとう諦めた。

水を止め、屈《かが》めていた上体を起こして洗面台に両腕を突き、濡れた髪からしとどに雫《しずく》を垂らしつつ、はぁはぁと荒い息を吐く。

飛び散った水で床はびしょびしょだった。

襟や胸元も、シャツの生地が透けて肌色が見えるほど濡れている。鏡に映った自分の姿を茫然《ぼうぜん》と見つめつつ、ジーンは泣きたいような気持ちになった。

寂しい。

今夜ひとりでここに籠もっているのは、たまらなく辛い。

だが、ジーンには会える人もいなければ、話をする人すら思いつけない。

鏡の中の青ざめた顔が、「おまえが悪いんだろう。自業自得だ」とジーンを責める。

ジーンはぐっと唇を噛み、鏡から顔を背けた。

タオルで乱暴に髪と顔を拭き、それから洗面台の下に置いているバケツに掛かった雑巾《ぞうきん》を掴み取り、今度は濡れた床を掃除した。ひどく惨めな気分がする。夜中になぜこんなことをしているのかと、自嘲するしかない。両袖《りょうそで》を捲《まく》って雑巾を洗い、ぎゅっと力一杯絞るとき、指に必要以上に力が籠もった。

やるせなさに浸されたまま、ジーンはリビングへと戻った。

体は濡れて冷え、頭の芯も冷たくなっているようだったが、なぜか心だけは冷静になれない。

ジーンは寒気を感じ、ぶるっと体を震わせた。

濡れたシャツを脱いで着替えなくては風邪《かぜ》をひく。

頭ではわかっているのに、ソファに沈み込んだままの体が動かない。動くのが億劫《おっくう》で、とにかく、指一本持ち上げる気力すら、なかなか出せなかった。

こんなに寂しくてせつない気持ちになるのは、子供のとき以来のような気がする。

小さい頃、ジーンはいつもひとりぼっちだった。両親が離婚して、母親とふたりで暮らしていたのだが、弁護士をしていた母は常に多忙で、ジーンに構う余裕はなかったのだ。

そんな昔のことまで頭を掠めるほど感傷的な気分になっていたらしい。

どうにかして、この憂鬱《ゆううつ》に沈んだ心を紛らわせられないものだろうか……。

ジーンの視線は、目の前にあるローテーブルの上で、ふと止まった。さっき上着を脱いだ際、腕から外した時計や、ポケットから出したものが置き去りになっている。

ジーンはゆっくりと背中を起こし、携帯電話に手を伸ばす。

具体的にどうしようという考えがあったわけではない。もしかすると気づかないうちに誰かから電話でもかかってこなかったかどうか、ちょっと確認しておくだけ、というくらいの気持ちだった。なんだかそれも弁解じみていると思わないでもなかったが、ジーンは深く考えるのをやめ、二つ折りの電話を開いた。

予想はしていたが、知らないうちにかかっていた電話などない。開いて画面を見ればそれは一目瞭然だった。

それでもジーンは電話機を放す気にならず、着信履歴のボタンを押した。

「熊」「熊」「熊」……と相手の名前として入力した文字が続く中、ときおり取引先や同僚たちの名前が出てくる。

正直、ジーンは驚いた。

最近の通話はほとんどすべて西根とのものばかりだ。主にプライベートで使用している携帯電話なので、会社関係の人々からかかってくることなどほとんどないのは当然にしても、それ以外が西根で埋め尽くされていたのには狼狽える。

気づかなかった。

先月顔を合わせて話をして以来、西根はこんなに何回も電話をくれていたのだ。

——電話、してみようか……。

突如としてジーンの頭にそんな考えが浮かんだ。

だが、ジーンは即座に否定し、どうかしているぞと自分に呆れる。

さっき気まずく別れたばかりだ。ここでジーンから電話などすれば、負けを認めるようなものではないか。いったい何の負けになるのか自分自身うやむやなまま、ジーンは意地を優先させる。

西根には絶対電話できない。

できないとなると、代わりの誰かを見つけなければ気が収まらなくなって、アドレス帳に入っているデータを片っ端から見ていく。

一度入れたデータは削除しないため、携帯電話を持ち始めた当初から今までに関わり合いになった人の情報がずっと入っている。

中に、マイケル・ファーバーの番号もあった。

昼間の不快極まりないやりとりを思い出し、ジーンは顔を顰《しか》めた。

無礼で無遠慮な自惚《うぬぼ》れ屋め、とまた腹立たしくなってくる。ちょっとカメラの才能があって、周囲にもてはやされているとはいえ、頭の中ではこれだと目を付けた男や女を脱がせることしか考えていない、軽薄で欲深な男だ。甘い言葉とそつのない物腰に目を眩《くら》まされ、一時はジーンも付き合ってみたものの、すぐに中身のなさにうんざりした。セックスも乱暴で自分本位すぎて、好きになれなかった。とにかく自信過剰が鼻につき、ジーンも思い切り意地悪に、マイケルが一番嫌がりそうなことを理由にして、振ったのだ。

以前はあんな男と付き合っていたのかと思うと、過去に戻って取り消してきたいほど嫌になる。だが、つまるところ、以前のジーンはその程度の選択しかできない男だったということだ。誰のせいにもできない。無傷で別れられたことを感謝すべきなくらいだろう。

マイケルの次に付き合ったのが都筑だ。

ジーンは都筑の番号を画面に出し、じっと見つめた。

少し前までは、よくかけた。外に出ている都筑と連絡を取るときはもちろん、プライベートな約束を取り付けるとき、ジーンからも躊躇いなくかけていたものだ。都筑の方からかかってくることも多かった。

好きだったのは間違いない。

もしかすると、西根の言う通り、本気になってしまっていたのかもしれない。

微かな悔恨の気持ちが頭を過ぎる。

西根も言っていた通り、都筑は誠実な男だ。事業を発展させることに夢中だったのと、以前の恋愛が破局に終わったことに懲りていたようなのとで、今は恋に積極的になれないとは言っていたが、付き合っていくうちにそれなりに情は深まらせてくれていたように思う。ジーンが対抗するように「わたしも体だけで構いません」と徹底的に突っ張ってみせなければ、いずれ都筑の方から真剣な付き合いを提案された気もしなくはない。

今さら考えたところで虚しいだけとは百も承知だが、このままではすっきりしなかった。

電話……。

してみても、いいだろうか。

こめかみがズキズキしてくるほどジーンは緊張し、動悸を激しくした。

都筑の声が聞きたい。聞けば、やはり都筑が好きだったのか、それとも単なる気のせいか、はっきりするのではないか。

ジーンは胸をざわめかせながら、激しく逡巡した。

今さらジーンの方から電話をかけるなど、いかにも未練がありそうで屈辱的だ。普段はまったく気にかけていない態度で通しておきながら、実はやはりと都筑に思われるのは嫌だ。これまで通り、このまま知らん顔をして、なんとか心を抑えるべきだという気持ち。それとは逆に、一度都筑と正面からぶつかって、どんな形であれすっきりした方がいいのではないかという気持ち。ふたつが葛藤する。

ごくりとジーンは喉を鳴らした。

十一時を過ぎたばかりの時刻だが、まだ都筑は寝ていないはずだ。

今日、合同アート展に顔を出さなかったことから考えて、基とはスケジュールが合わなかったのだろう。今頃、ひとりで飲んでいるか、持ち帰った仕事をしているかもしれない。

試しにかけてみよう……。出てくれなければ諦める。

そうだ、そうすればいい。

とうとう、震える指で通話ボタンを押す。

消えていたバックライトが再び点灯し、よく知った番号が画面を右から左に流れていく。

呼び出し音が聞こえてきた。

ジーンは電話機を耳に当てず、微かに聞こえる音にじっと神経を集中させた。

出るだろうか。出ないだろうか。

可能性はまさしく半々で、ジーンには予想できない。

七回目の呼び出しの途中で音が止んだ。

『もしもし？』

出た！　都筑だ。

ジーンは慌てて電話を構え、「夜分に申し訳ありません」と応えた。

心臓が飛び出しそうに鼓動する。息苦しさに眩暈《めまい》がして、声もつかえそうになる。

『どうした、ジーン』

しっとりと落ち着き払った声がジーンの耳朶《じだ》を打った。色っぽい、艶《つや》を感じさせる声だ。都筑がひどく満ち足りた気分でいるのが伝わってくる。

こんな声を出す人だっただろうか。

記憶を手繰《たぐ》ろうとしたが、まるで思い出せなかった。いざとなると頭の中が真っ白に吹き飛んで、あれほど親密にしていたはずの都筑のことが、何一つ浮かんでこなくなったのだ。

思い出せるのは、最近の都筑の顔や仕草ばかりだ。

ジーンと一緒に過ごしたときの都筑のことは、紗《しゃ》がかかったかのようにぼやけていて、はっきりしなかった。

過去なんだ、とひしひしと思い知らされる。

手が届かない。

『ジーン？』

黙ったままのジーンに、都筑が訝しげに問いかける。

「あ、あの……すみません。ちょっと他のことに気を取られてしまいました」

言い訳しながらも、ジーンは焦っていた。

続ける言葉が見つからない。何を言えばいいのかわからない。この期に及んで、もう、「実は好きだったのかもしれません」などという告白は、ご都合主義でみっともなさ過ぎる気がしてきた。いきなり都筑に電話をかけるなど、どうかしていたのだ。情緒が不安定になっていたとしか思えない。

とにかく何か言わなくては。

ジーンは動きの鈍《にぶ》った頭を懸命に働かせようとした。

そのとき誰かの声が都筑の電話を通してジーンにも聞こえてきた。

『智将《ちしょう》さん、シャンプーが切れてしまったんですけど、どこかに買い置きが……、あっ、ごめんなさい！　お電話中だったんですか』

基の声だ。日本語だが、五カ国語を堪能に話せるジーンには、母国語と変わらないくらい明《めい》瞭《りょう》に聞き取れた。基は廊下を歩いて都筑のいる部屋に近づいてきたようで、声は徐々に大きくなっていき、あっ、という驚きから先は室内に入ってからのものだと、まるで見ているように想像できた。

どういう状況か、嫌でも明らかだ。

いっきに脳髄《のうずい》が冷え、白々とした気分になっていく。

今の今まで都筑は基を抱いていたのだろう。幸せに満ちた交歓だったであろうことは、先ほど図らずも感じた都筑の色気のある声音からも推し量れる。

七歳も年下の恋人をめいっぱい可愛がり、ふたりで入浴する。そして都筑は一足先に上がり、寝室で寛《くつろ》いでいたのだろう。そこに、風呂好きの日本人らしくゆっくり浴槽に浸かって出てきた基が、ということなのだ。

ああ、もう、入り込む隙などどこにもない……。

たったこれだけで、ジーンはまざまざと思い知った。

『基、少し待っていてくれ、すぐ終わる。髪をもっとちゃんと乾かしておいで』

多少遠ざけても、昨今の電話は驚くくらい性能がいい。基を甘やかす都筑の声ははっきりジーンにも届き、ジーンはさらに当てつけられた心地がした。

『すまなかった、ジーン』

都筑が電話に戻ってくる。

しかし、もう、ジーンは何も言うことをなくしていた。

「申し訳ありません、月曜日のスケジュールのことで、一点確認したいことがあったのですが、明後日会社ででも構わなかったことに気づきました。お騒がせして、本当にすみませんでした。おやすみなさい、ボス」

精一杯の礼を尽くしたセリフが勝手に唇を滑り出る。無意識だった。

『そうか。なら、もう切っていいんだな？　きみがこれにかけてくるのなど久しぶりだったから、何か不都合でも起きたのかと心配したぞ。だが、問題ないんだな？』

「何も」

『……ジーン。月曜日に時間を空ける。そのときちょっときみと話がしたい』

「いえ。わたしは本当に大丈夫です」

畳《たた》みかけるように言うと、ジーンは「おやすみなさい」と逃げて通話を切った。

ほうっ、と深い溜息が零れ出る。

「ばか、……みたいだ」

なんだか涙が出てきた。

無性に心が渇《かわ》いて辛かった。

携帯電話が指から滑り落ち、ラグの上にぽとりと落ちた。

それとほぼ同じタイミングでインターホンが鳴る。

ジーンははっとして顔を上げた。

こんな時間に不意の来客など、常識では考えられない。

――まさか？

一番に脳裏に浮かんだのは、やはり西根の顔だった。

まさかとは思うが、他には誰の顔も出てこない。今日二度も西根がここを訪ねてくるなど、それはそれでありそうにないが、ジーンはインターホンを無視できなかった。

「はい」

低い声で応じると、『ジーン。俺だ』とひどく遠慮がちな答えが返る。

やはり、西根だった。

ジーンは激しく迷い、一瞬、居留守を使わなかったことを悔やんだ。

よりにもよって、なぜこんなときに来るのだろう。きっと今ジーンはとうてい他人には見せられないほど情けない顔をしているに違いない。目は濡《ぬ》れて充血したままだろうし、唇は覚束《おぼつか》なげに震えている。髪も湿ってぐしゃぐしゃだ。人に会える状況ではない。

もう寝ていました、と告げて、追い返そうか……。

『会いたい、ジーン』

考えた矢先に西根に先を越され、ジーンはドキッとした。しかも、思いもかけない、熱の籠もった言葉と口調で迫られたのだ。

『まだ寝ていなかっただろう？　開けてくれないか。会いたいんだ』

そこまで言われてしまっては、ジーンも嘘がつけなかった。今夜はすでに、これ以上虚勢を張る気力も残っていない。

ひどい顔をしているのに。いつもならば、誰が来たのであっても絶対に会わなかったはずなのに。無言のまま建物に入るドアのロックを開けたジーンは、西根が部屋まで上がってくる間、戸惑いと焦りで胸をいっぱいにしながら待っていた。

西根に会うのが恐かった。恥も外聞もなく弱り果てた自分を晒してしまいそうだ。

反面、心の奥底では、西根がこうしてまた戻ってきてくれることを望み、期待していた気もする。寂しさに負け、傍にいてくれるなら誰でもよかったのだろうか。さっきは都筑にまで電話してしまったくらいだ。

しかしジーンは、部屋のドアを開け、廊下に立つ西根の顔を見た途端、そうではなかったのだと悟った。

「ジーン」

夜になってますますむさ苦しさを増した無精髭つきの顔が、どんな都会的に洗練された美男の顔より胸に迫ってきて、ジーンはみるみる表情を崩していた。ただでさえ相当なりふり構わない様子になっていたはずの顔を、感情のまままさらにあられもなく乱したのだ。

「やっぱり、無茶をしたんだな」

西根はジーンの姿を見るなり、せつなくて堪《たま》らなそうに呟くと、その場でジーンを引き寄せ、抱きしめてきた。湿った髪とシャツの濡れ具合から、ジーンが衝動的にした行動をおおかた察したらしい。

「に、西根さん……！」

幅広の胸に守るように取り込まれ、髪を撫でられる。

「やめて、ください。こんなところで……西根さん」

想像以上に逞しい腕と胸に包まれ、ジーンは弱々しく身動《みじろ》いで抵抗した。

本気でやめて欲しがっているとは西根も思わなかっただろう。ぎゅっと、ジーンの体に回された腕に力が増す。

払いのけられなかった。

「どうして、こんな……」

「泣いているんじゃないかと思った」

「誰が、そんなこと」

もうどこにも張る意地など残っていなかったはずだが、ジーンは最後の最後まで天の邪鬼に認めない。できないのだ。今さら急に、素直な感じのいい男になどなれない。自分でもうんざりするほど要領が悪いと思うが、どうしようもなかった。

「放してください」

「何もしない」

西根は誓うように言った。

「ただ、おまえが大丈夫かどうか確かめたくて来ただけだ」

「お、おまえって……」

初めてそんなふうに呼ばれ、ジーンは面食らった。嫌、ではなかった。決して馴《な》れ馴《な》れしかったり高飛車だったりするわけではなく、むしろ親しみと敬愛に満ちた自然な呼びかけだと思えたからだ。

何か西根の心境に変化があったのかもしれない。

ジーンは、今こうして初めて自分を抱きしめてきた西根が、少し前に別れた西根とは別人になっているように感じ、当惑する。

どうしたのだろう。今までは決してこんな大胆なまねをしてこようとはしなかったくせに。

ひどい有様のジーンを見て、憐憫《れんびん》でも湧いたのかもしれない。

同情ならば惨めなだけだから必要ない——そう思いかけたが、力強く抱きしめられているうちに、安心と信頼の気持ちが強まってきて、抵抗する気が失せていく。

残ったのは、こんな場所で、という恥ずかしさだけだ。

各人のプライバシーを守るため、ドアは共用の廊下から引っ込んだ位置にあり、左右を壁が塞いでいる。前を通り過ぎない限り他の住人に見咎められる心配はなかったが、どうしても周囲が気になって落ち着けない。もう深夜なのでよけいな物音は立てたくない心理も働いた。人目が気になる。

「中に、入りませんか」

息が苦しくなるほど強く抱かれ、頭の芯が痺れたようになったまま、ジーンは低い声で促した。

「いいのか?」

「こんな時間にわざわざ訪ねてきておいて、ろくに話もせずに帰るつもりで来たわけではないでしょう?」

「それは、まぁ、そうだが」

西根は腕を緩め、ジーンの顔を照れくさそうに覗き込む。

穏やかな印象の黒い瞳が、探るようにジーンをじっと見つめてくる。真剣で、情の深さの滲み出た目つきだ。ぎゅっと胸を摑まれる。

ずっと瞳を見つめ合っていると、おかしな気分になりそうだった。

もしかすると、もうすでになりかけていたのかもしれない。

ジーンはほうっと深い吐息をついた。

「……コーヒーくらいならあります」

「ああ。ありがとう」

西根がジーンの体に軽く回していた腕を降ろす。

「どうぞ」

ジーンは踵を返して、玄関先から部屋の奥へと歩き出す。

背後でバタンとドアが閉まった。

「すみませんが、鍵を閉めていただけますか」

首だけ回して頼む。

「あ、ああ」

西根はこういうシチュエーションにはいかにも不慣れの様子で、戸惑いを見せながらも、ジーンの言う通りドアの鍵を閉めてチェーンをかけた。

ジーンの背後を西根の重そうな靴音がついてくる。

西根はさっき別れたときとは違う、いかにも部屋着という表現がふさわしい服装になっていた。

外に出られるギリギリのラインだ。ジーンを送って自分の部屋に帰り、いったんは寝支度をするつもりで着替えたものの、それからまた何か気になることが出てきてしまい、ここに来てみた、という想像が無理なく浮かぶ。

リビングのソファを西根に勧めてキッチンにコーヒーを沸かしに行こうとしたジーンを、西根がやんわり引き留めた。

「座らないか。コーヒーは後でいい」

強い意志を秘めた目に気圧《けお》される。

ジーンは逆らえず、黙ってソファのそばの肘掛《ひじか》け椅子に腰かけた。

西根はジーンとの距離を少しでも詰めるように、膝に両肘を突いて前屈《まえかが》みになる。

「あれから、いろいろ考えた」

低いがしっかりした声で西根が言い出す。視線はひたとジーンに注いだままだ。逸らそうとしても逸らさせない力があって、やむなくジーンも見返した。

「おまえの言う通り、このままずっと中途半端なのはよくないな。反省したよ」

腹を決めた男の押し出しの強さに、ジーンは背筋を緊張させ、身を強張《こわば》らせる。

「……今夜、聞かないといけないですか」

聞きたくない、西根の決意を知るのが不安だ。ジーンはまた日を改めて欲しいと縋る気持ちで考えた。すでに精神的な限界がきているのを感じる。この上、傷つくことを言われたら、ジーンは自分を保っていられるかどうか自信がなかった。

「ジーン」

優しく、愛情に満ちた声音で呼びかけられる。

覚束なげに震えていた胸に一抹《いちまつ》の希望が入り込み、半信半疑ながらもしかしてと期待をかける心地で、ジーンは西根の次の言葉を待った。

「寝ようか？」

「えっ？」

まるで予期せぬ発言にジーンは虚を衝かれ、目を瞠る。

西根は真面目そのものだ。真摯で、冗談でも冷やかしでもない、真剣に考え抜いた挙げ句の言葉を口にしているようだった。

「同情、ですか？」

最初の驚きが去るとジーンは慎重に、用心深く訊ねた。

唐突だったが、さっきの抱擁《ほうよう》で西根がまんざら無理をしているわけでないことは、なんとなく感じられる。信じられない気持ちは強いが、嬉しくないとは言えない。ジーンは誰かに自分を受け入れて欲しくてたまらなかった。しかも誰でもいいわけではなく、その相手として今は西根しか考えられなくなっているのも、否定しようのない事実だ。懲りずに西根が訪ねてきてくれたのだと知ったときの動悸《どうき》を思い出すと、認めざるを得ない。その上、顔を見たら、胸が詰まりそうにすらなった。ジーンはさっきはっきりと自分の本心を思い知らされたのだ。この期に及んでごまかすことはできなかった。

「俺は同情で誰かと寝るような器用なまねはできない」

西根はきっぱり断言した。

「……急すぎて……頭が回りません……」

「好きなんだ、ジーン」

またもや直球できて、ジーンは息を呑んだ。

「嘘だ」

「どうして嘘なんだ。俺の気持ちがそんなに信じられないか？」

「だって、あなたは……」

ジーンはこくりと喉を鳴らして唾を飲み、言葉を選びながら続ける。

「あなたが好きなのは彼でしょう？　わたしと……基さんはまるで違う。誰だって、比べたら、きっと向こうを好きになる。悔しいけど、それはわかっているんです。実際、わたしはかわいげがなくて頑なで傲慢なんだと思います」

「だから？」

「えっ？」

だから、などとやんわり問い返されて、ジーンは面食らう。どう応じればいいのか、さっぱり考えつけなかった。

「ジーン。俺の質問にひとつだけ答えてくれ」

西根はそう前置きしてソファから立ち上がる。

いきなりだったのでジーンはギクッとして身構え、長身の西根を追って首を巡《めぐ》らせた。

西根はジーンの傍らに来ると、肘掛けに手をかけてジーンに顔を近づけた。

「基のことは問題じゃない。俺は確かに基が好きだが、それは弟みたいに可愛くて目が離せないという意味だ。おまえにだって、本当はわかっているはずだろう」

「そんなこと……決めつけないでください」

突き詰められるとジーンは、本当はどうだったのかあやふやになってきて、そう返すのがせいぜいだった。心の奥底ではわかっていた気もする。西根は基が好きなのだと思い込むことで、自分の気持ちにブレーキをかけていたのかもしれない。違うと否定し切れなかった。

「おまえの気持ちは今どこにある？」

西根はジーンに指一本触れていなかったのだが、ジーンは呪縛されたように体を固まらせ、瞬《まばた》きもできなくなっていた。

「まだ、都筑のところか？」

重ねて問われ、ジーンは全身を強張らせたまま、「違います」とすぐに否定した。

「もし気持ちを彷徨《さまよ》わせているのなら、しばらく俺に預けてみないか？」

西根は語調の力強さのわりに、ずいぶんジーンに遠慮がちだった。何よりジーンの気持ちを一番に考え、優先させようとしてくれている気持ちが伝わってくる。

その気遣いがじんと心に沁《し》みた。

「最初は黙って見ているだけのつもりだった。おまえが俺みたいな男を好むとは思えなかったし、俺も……正直、これまで同性とどうにかなったことがなくて、自分にさっぱり自信が持てなかった。おまえのように経験豊富な美人を満足させられるかどうか心許なかったもんだから、ついずるずるとうやむやなままにしてしまっていた。……念のため言っておくが、嫌みじゃないぞ。おまえは……たぶん自分で思っているよりずっと綺麗だ。心も体もな。その気のある男なら惹かれずにはいられないだろう。現に、都筑もおまえには普通以上の情を感じていたと言っていた。基とは違う意味で、おまえのことが気にかかると心配していたぞ」

「……」

あらためて西根の口から都筑の心境を聞かされ、ジーンはぐぐっと胸に迫《せ》り上がってくるものを感じる。苦いばかりではなく甘酸っぱさも含まれた、複雑な感情の塊《かたまり》だ。都筑が西根にそんなことを話していたとは思いがけなかった。

「今までずっと、おまえを惑わせて不愉快な思いばかりさせて、悪かったと反省している」

「そんなふうに謝らないでください」

思わずジーンは間髪入れずに言っていた。

強情を張って、何かにつけて本心とは逆の言動ばかりしてきて、西根の好意を素直に受けとめようとしなかったのはジーンの方だ。それなのに、先に西根に謝罪されたら、ジーンはあまりにも立場がなくて居たたまれない。

「……楽しかった。嬉しかった……んです」

蚊の鳴くような声でジーンはとうとう白状した。

言った端からカアッと頬が熱くなる。

ジーンはじわじわと俯いていった。体の動きはまるでロボットのようにぎこちない。

「ジーン」

西根が驚きと歓喜に満ちた顔をする。

「寂しくて……胸がもやもやして平静でいられなくて。こんなこと、初めてです」

「俺で受けとめてやれることがあれば受けとめたい」

「だから、寝てくれるんですか？」

ジーンは泣き笑いに近い表情で西根を茶化し、口に出した途端、自分でも予期せず熱い涙をつうっと零れさせていた。皮肉のつもりはまるでなく、幸せの予感に心を震わせながら確かめた、最後の意地悪だった。こうでなければジーンは恥ずかしくてどうしようもなく、話を続けられなかったのだ。

「いいや」

たぶん西根はジーンの気持ちを理解してくれていた。

機嫌を損ねることもなく、ニヤリと小気味よさげに唇の端を上げる。

「俺はおまえが欲しいから寝るんだ。それ以外にどんな理由もない。だが、おまえの方はどうなんだろうな？」

「……バーでのはすっぱな態度は、本意じゃなかった……。ごめんなさい」

自分でもこんなにしおらしくなれるのかと驚くくらい、ジーンは素直な気持ちで西根に対していた。

「ジーン。俺が好きか？」

率直に聞かれて、ジーンは返事に詰まる。

好きか嫌いか聞かれたら、それはもちろん好きになる。

恋人として見ることができるかどうかと聞かれても——たぶん、答えはイエスだろう。

ジーンは西根の精悍に引き締まった顔に視線を戻し、心の奥を見透かされるように強い眼差しを受け、あらためて惚れ惚れした。

澄んだ瞳をしている。

真剣にジーンだけ見つめてくれている。

「言っておきますが、わたしはかなり性格がきついですよ?」

「ああ。そんなことはとっくにわかっている」

何を今さら、というように西根は苦笑した。

「わがままだし、親切ではないし、素直でもありません」

「そうみたいだな」

西根はますますおかしそうな顔をして頷く。

ジーンはムッとして唇を尖らせた。

「……少しくらい否定してフォローしようという気はないんですか? あなた、本当にわたしが好きなんですか?」

「もちろん、好きさ」

含み笑いを浮かべたまま、西根はジーンの二の腕を掴むと、ぐっと自分の胸に引き寄せた。

「あっ！」

肘掛けに突いていた腕が外れ、あっけなく西根の懐《ふところ》に頭から倒れ込みそうになる。

「何するんですか……っ！」

頑健な胸に受けとめられてホッとしたのも束の間、肝を冷やさせられたことに抗議しようと顔を上げたところで、いきなり西根に唇を塞がれた。

驚きのあまり、ジーンは目を閉じる暇もなく、唖然としてしまう。

西根はすぐに唇を離した。

「うるさくてかわいげのないことばかり言う口だな、ジーン」

「な、……なんですか……。だから、最初からいろいろと難のある男ですとお断りしたでしょう」

「まさに申告通りだ」

「嫌なら、前言撤回したって構わないんですよ？」

「するもんか」

案外西根は、こうしてジーンと言い合うのも楽しんでいるようだ。

「これでますます俺は自分の気持ちを確信したぞ」

「……そうですか」

「ジーン」

今度はゆっくりと西根がジーンの頬に触れてくる。

意外と繊細な動きをする長い指に、火照《ほて》った肌を撫でられて、ジーンは自然に目を閉じた。

唇と唇が重なる。

「あ……っ」

今度のキスは、触れられた途端、体の芯がぞくっと震えた。

音をたてて吸い上げられ、またもや短い喘《あえ》ぎを洩《も》らしたところで、次には接合する角度を変えられた。

顔を動かした拍子に、顎にザリッとした無精髭の感触が当たり、ジーンは「んっ」と眉を寄せる。そういえば、髭を生やした男とは付き合ったことがなかったと思い至る。

「……髭、痛い」

濡れた唇が離れていくとき、ジーンはぼんやり文句を言った。

「悪い。おまえが嫌なら剃《そ》るよ」

べつに嫌なわけではなかったのでジーンは返事をせず、フイとそっぽを向いた。

「愛してる、ジーン」

顔を背けた途端、そんな大切なセリフをさらっと口にされ、ジーンは不意を衝かれた。

「西根さん」

慌ててもう一度向き直り、ジーンはまじまじと西根を見つめた。

西根もジーンの目を瞬きもせずに真っ向から見返す。

「たかだか二ヶ月程度付き合ったくらいで簡単に言うな、か？」

「そ、んなこと……誰も、言っていないでしょう」

「ジーン。おまえの返事は？」

さっきはなんとなくはぐらかしたが、今度は西根もそうはいかないという顔つきをしている。

ジーンは困惑し、狼狽えた。

返事はもう決まっているのだが、最後の最後に素直になることができない。ジーンにはとても難しいことだった。

「……どうしても口で言わせないと不満ですか？」

「いや。実は、おまえの緑色の瞳を見ていたら、聞かなくたっていい気がしてきたところだ」

じゃあ、とジーンは西根に思い切り蠱惑的《こわくてき》な視線をくれ、誘うように寝室のドアを目で示した。

胸の鼓動が大きくなっていく。

西根が立って、ジーンの体を抱きしめた。

腰の中心の硬い膨らみが、ジーンズ越しに感じられる。

男は初めてと言っていた西根だが、すでに体は欲情していた。

「おまえのせいだ」

「人のせいにするつもりですか？　あなたがスケベなだけでしょう」

「だが、おまえはそういう男が好きだろう？」

「……悔しいけれど、めちゃくちゃに好きですね」

詰まるところ、この身も蓋《ふた》もないセリフが、ジーンの西根に対する正真正銘《しょうしんしょうめい》の告白だった。


寝室に入ってドアを閉めると、西根はジーンを背中から抱いてきた。

「見かけ以上に細いんだな」

ジーンの腰に回した両腕で作る輪を狭め、西根があらためて驚いたように言う。

西根にしっかりと抱かれたジーンは、気恥ずかしさに身動いだ。いつもとは勝手が違い、戸惑う。ここに誘うまでは自分のペースできていたはずなのだが、いざとなると妙に緊張してきた。自分からさっさと裸になってベッドに入るのも、西根を先に脱がせてやるのも躊躇われる。そんなふうにすると、いかにも慣れていて情緒がないと呆れられそうだ。今までは考えたこともなかったそれらのことが頭を占め、ジーンは柄にもなくぎこちなくなっていた。

「ジーン」

シャツの上から胸板を撫でられ、ジーンはビクッと上体を揺らした。

耳元で優しく名前を呼ばれるだけでもぞくりとする。

男は初めてだと言っていた割に、西根に迷いはなさそうだった。ごく自然にジーンに触れ、平たい胸や硬い腰、それから中心で少しずつ芯を作り始めている股間を確かめる。

左手で勃起を弄《いじ》る一方、西根は右手をシャツのボタンにかけてきた。

ひとつずつ手際よく外していく。

「あっ、……あ！」

開いたシャツの隙間から入り込んできた手のひらで裸の胸をまさぐられ、ジーンはさらに体を震わせる。

今夜は特に感じやすかった。些細な愛撫にも過敏に反応してしまう。中心にもどんどん血が集まってきて、ジーンズの硬い布地を痛いほどに押し上げる。

西根はジーンの首筋に顔を埋め、唇をすべらせながら、ところどころ肌を啄《ついば》んでいく。

同時に、もともと感じやすい乳首を、指の腹で転がされたり抓み上げて擦られたりするせいで、ピリピリと電流を流されるような感覚を味わわされ、ジーンはせつない声をたてた。

「……ジーン」

自分でも艶っぽく喘いでいる自覚はあった。腰に当たってきていた西根の前がますます硬く強張って嵩《かさ》を増すのがわかる。西根もジーンの感じる様に、官能を刺激されたようだ。

残っていたボタンを、余裕を欠いた性急さで外されたかと思うと、いっきにシャツを剥《は》ぎ取られる。

「西根さん」

ジーンも気持ちが高ぶってきた。

正面から西根と向かい合い、首に腕を巻きつけ身を寄せる。

西根もジーンの裸の背に手を回し、きつく抱き竦めてくれた。

ぎゅっと胸を潰されるほど強く抱擁され、ジーンは息苦しさと同時に深い安堵に満たされた。

西根の体温がスエット地のトレーナー越しにも伝わってくる。体温ばかりでなく、心臓の鼓動も感じ取れる。

もっとはっきり、直に西根と触れ合いたくて、ジーンは背中からトレーナーの裾《すそ》を捲った。

「脱いで…」

熱い息を吐きながら促すと、西根も「ああ」と色気に満ちた声で返事をし、無造作《むぞうさ》にトレーナーを脱ぎ捨てる。

ジーンは西根の立派な体に感嘆し、しばらく視線を逸らせなかった。よけいな肉はいっさいついておらず、鍛え抜いているのが一目でわかる。二の腕が特に頑健なのは、中学・高校とテニスをしていたからだろうか。前にちらりと西根が話してくれたことを思い出す。そもそも西根は、基の年の離れた兄の後輩らしかった。考えてみれば奇妙な縁だ。西根は数年前からニューヨークに住んでいるそうだが、つい半年ほど前までは、ジーンとは何の関係もない男だった。街ですれ違っていたとしても、振り向きもしない相手だったはずなのだ。それが、今は、こうしてジーンに本気で惚れたと告げてくれ、夜を共に過ごそうとしている。もちろんジーンもそれを望んでいた。西根には、これまでに付き合ってきたどの男に対するのとも違う、真摯で深い気持ちを感じている。

考えようによっては基に感謝すべきなのかもしれない。

ジーンはようやくそんなふうにまで思えるようになってきた。

「どうした?」

西根がジーンの顎に指をかけ、顔を擡げさせる。逞しい胸や両腕にばかり視線を釘付《くぎづ》けにしていたジーンは、西根のからかうような視線にぶつかり、じわっと赤くなった。

「なんでもありませんよ」

西根の体に見惚《みと》れて、好きだという気持ちを膨らませていた、などと知られたら面映ゆい。

「……鍛えてるんだなと驚いただけです」

「特別なことは何もしていないが、もともと体は頑丈にできていたからな。それに、俺の仕事は結構肉体労働を伴う。それに引き替え、おまえは本当に細くて白い」

西根に腕を取られ、もう一度抱き寄せられる。

分厚い胸板にあらためて抱き込まれたとき、微かな汗のにおいに混じって、甘く官能的な花の香りがした。温かな体温とほのかな体臭。ジーンは深々と息を吸い、これが西根なんだと覚えた。肌と肌を合わせて温もりを感じるのは久々だ。この前はいつこうしたのか、もう正確には覚えていない。都筑が日本に出張する前だから、三月半ばかそこいらだったのは間違いないが、そのときのことはすでに明瞭には思い出せなかった。今となっては、思い出す必要も感じない。

西根はジーンの髪に指を入れ、そっと梳《す》き上げる。

「綺麗な髪をしているな」

「髪だけ、ですか?」

いつもの癖でついよけいなことを言ってしまう。

まただ、とジーンは皮肉屋で自意識過剰の性格を疎《うと》ましく感じたが、西根はフッと苦笑しただけで、嫌な顔はしなかった。むしろジーンの高飛車な言動を面白がっているように目を輝かす。

「俺は口下手なんだぜ、ジーン。わかっているだろ?」

「口下手ってほどでもないと思いますけど」

むしろそれはジーンの方だ。

西根は髪を弄っていた手を頬に滑らせ、顔の輪郭に沿って指を辿らせた後、顎を捕らえて顔を近づけた。

ジーンは反射的に目を瞑《つぶ》る。

温かな唇がジーンの唇を塞ぐ。西根は唇全体を味わうように吸い、尖らせた舌の先を、緩んでいた唇の合わせ目に差し入れてきた。

「んっ！」

弾力のある濡れた舌が口の中に滑り込み、感じやすい部分を舐め上げる。

「……ん、……う……っ」

西根のキスは情熱的で激しく、ジーンを翻弄《ほんろう》した。

セックスの経験は数えきれないくらいあるが、キスにはそれほど慣れていない。場合によってはジーンが唇を許さなかった相手もいたし、させてもせいぜい唇を触れ合わせて終わる程度の軽いキスばかりで、唾液を交換するような濃密な行為はほとんどしたことがなかった。たまに強引な男がいて、無理やり顎を押さえられて求められたことも何度かあるにはあったが、ジーンが嫌がって避ける素振りをしたり、怒ってみせたりすると、案外簡単に諦めたのだ。体は繋いでも、キスはあまりしたくない。これまでのジーンはそうだった。

だが不思議なもので、西根とのキスには嫌悪感をまるで感じない。

むしろ、淫靡《いんび》な行為に頭が陶酔し、体中が心地よく痺れてくる。最初は痛くて好きではないかもと思った髭の感触ですら、次第に慣れて違和感がなくなっていく。

「西根さん……も、もう……」

ジーンは送り込まれた唾液を嚥下《えんか》して、潤《うる》んできた瞳を薄く開けて西根に縋った。

このままだと、いずれ膝が崩れてしまいそうだ。

「ああ。ベッドに行きたい？」

長い指がジーンの濡れた唇を拭ってくれる。西根はその指を自分の口に含み、舐めた。たったそれだけだったのだが、ジーンはとても官能的な印象を受けてぞくっとし、顎を震わせた。

「抱えようか？」

西根が揶揄するように聞き、本当にジーンの膝裏に腕を回そうと身を屈めかける。

「大丈夫です！」

ジーンは焦って体を逃れさせる。

いくらなんでも、いわゆる『お姫様抱っこ』などされては敵わない。

「冗談だ」

西根はまた笑った。西根も意外と人の悪いところがある。しかし、かえってそれがジーンには楽で、付き合いやすくもあった。生真面目で誠実一辺倒の男だと、一緒にいるうちに疲れてくるのだ。相性というものは重要だと感じる。

抱き上げるのをやめる替わりに、西根はジーンが着ていたローウエストのジーンズを下着ごと脱がせ、全裸にした。

ジーンも西根のパンツに手をかける。

剥き出しになった股間は今すぐにでも挑めそうなほど猛っている。ジーンはまたもや軽く息を呑み、触ってみないではいられなくなった。

熱く脈打っているものを右手の中に握り込む。

うっと西根が眉を寄せた。

「ジーン」

来い、と腕を引かれ、ベッドに連れていかれる。

セミダブルサイズのベッドのスプリングが、男二人の重みを受けてギシリと軋んだ。たぶん西根は、このベッドでジーンと寝る初めての相手が自分だとは、露ほども思っていないだろう。誤解されるのはなんとなく悔しかったので、言ってやろうかと口を開きかけたのだが、どんなふうに話したところで言い訳じみている気がしてやめた。今さら初なふりをするつもりもない。奔放で享楽的なまねばかりしてきたことも事実だ。西根もそれは知っているはずだった。

どうせ慣れているると思われているのなら……とジーンはなりふり構わずに西根を翻弄してやろうという気になった。

ベッドに横たわるなり体をずらし、西根の下腹に顔を埋める。

「お、おいっ！」

不意打ちにあった西根は驚いた声を上げ、狼狽えて枕から頭を起こしかける。

ジーンは構わず、さっき猛々しく欲情しているのを見せつけられた股間のものを、いきなり口に含んだ。

「ジーン！　こら、よせ」

西根の声には、よもやジーンがこんなふうに積極的に出るとは思ってもみなかった、という焦りが出ていた。

「ジーンっ！」

「うるさいな……今まで付き合ってきた恋人は、あなたにこんなふうにはしてくれませんでしたか？」

大きすぎるものをいったん口から離し、ジーンはさらにスレたふうを装った。

西根は困ったようにぐっと詰まる。

「ここまで張り詰めさせていたら辛いでしょう？　わたしだって、壊されたくない。一度出して落ち着いてから、来てください」

「あのな、ジーン。誰のせいだと思って……うっ……！」

ジーンはもう一度、大きく唇を開き、屹立《きつりつ》したものを喉の奥に当たるまで迎え入れ、ガチガチに硬くなっている竿《さお》にねっとりと舌を絡ませた。

「……く、そっ……、うっ」

西根が腰を浮かしかける。相当感じていることは、トクトクと脈打つ雄芯からも感じ取れた。

ゆっくりとすみずみまで舌を這《は》わせて確かめる。

唇を窄《すぼ》ませ、先端から付け根まで、丹念に扱きながら舌を使うと、西根は押し殺し損ねたような熱い息を吐き、引き締まった硬い腹を上下させた。

悦楽を味わっているのがわかり、ジーンはますます熱心に奉仕した。

もっと西根を感じさせたい。よがらせたい。そんな気持ちが腹の底から湧いてくる。初めての感情だ。今までは、自分から進んで相手を悦《よろこ》ばせようなどという考えは頭を掠めもしなかった。

逆に、尽くされて当然と感じていたほどだ。

大きすぎる西根に、ジーンの顎は間もなく疲れてきた。

それでもやめようと思わなかったのは、西根が吐く色めいた息や、堪えに堪えた挙げ句洩らす声に激しく官能を刺激され、もっと聞きたいという気持ちになったからだ。

ビクッビクッと口の中で西根の竿が小刻みに痙攣《けいれん》する。

ジーンは、先端に滲んできた先走りを舌に感じると、もっと高揚した。

亀頭を強く吸引する。

「……っ！」

西根が無精髭の生えた顎を大きく反らし、ぐしゃりと両手でジーンの髪を鷲《わし》摑みにする。

「ジーン」

切羽詰まった様子で呼ばれ、ジーンは溜飲を下げた。西根を深く感じさせているのだと思うと楽しくてたまらない。これまでは受け身の快楽ばかり追ってきたが、たまにはこうして相手を攻めるのも悪くないと味を占める。

「そろそろ勘弁してくれ」

西根が弱音を吐いた。

ジーンは少しインターバルを置いてやるつもりで顔を上げた。

「……なぜですか？」

唇を濡らしたまま、目を眇《すが》め、あえて聞く。

「出そうだ……」

西根の声には強すぎる刺激に参ったような響きがあった。

「出せばいいでしょう、口の中に」

「できるか、そんな勿体ないこと！」

「あっ！」

反撃は突然だった。

一瞬、何が起こったのかもわからぬまま、ジーンはシーツの上に俯《うつぶ》せに押さえ込まれ、後ろから西根にのしかかられていた。あっという間の形勢逆転だ。

「この性悪猫が」

西根は喜色に満ちた声でジーンを詰ると、うなじ《なじ》に唇を這わせてきた。

足を入れて割り開かされた太股の内側には、さっきまでジーンが口にしてさんざん愛撫していた西根の雄芯が当たっている。はち切れそうに勃起《ぼっき》したままだ。

「やめてください。重い」

「慣れろ」

ジーンの文句を西根はひと言のもとに切り捨てる。いざとなると強引で容赦がない。

まさかそんなふうに返されるとは思わず、ジーンは出鼻を挫《くじ》かれた気がした。いつもならどんどん口を衝く悪態や皮肉は引っ込んだまま出てこない。

「これから先おまえは俺のものだ」

普段の西根からは想像もつかないほど遠慮のない、ともすれば傲慢なくらいのセリフが吐かれる。しかし、ジーンはムッとするどころか、西根の強気な出方に胸を震わせ、愛されている実感を覚えた。

ずっと、こんなふうに言われたかった。

束縛されることを毛嫌いして見せながら、本心はまったく反対で、むしろ縛り付けられて強引に所有されたいと思っていたのかもしれない。ようやくジーンにも、自分の複雑で天の邪鬼な気持ちがわかりかけてきた。

「愛してる、ジーン」

滾《たぎ》るような情熱を含ませた告白に、ジーンは感動して目頭が熱くなりかけた。

「さっきは性悪と罵《ののし》ったくせに」

嬉しさにどうにかなってしまいそうだったのをごまかすため、ここでまたわざと逆らって意地を張る。

背後で西根が含み笑いしたのがわかった。西根もさぞやジーンの強情さに呆れたことだろう。ジーンがまんざらでもないことは、声の調子にはっきりと出てしまっていた。照れ隠しだと気づかなかったはずはない。

「俺は性悪が好きなんだ」

もう一度うなじにキスして西根は言う。

「……悪趣味な人だな」

思わず声が震えた。歓喜で胸がいっぱいになる。

「ほっとけ。おまえだって、決して趣味がいいとは言えないぞ」

「そうですね。……でも、いいんです」

「俺で？」

「ええ。あなたで」

西根のことを、愛していると感じた。

認めてしまえば、あれほど苦しかった胸の痞《つか》えがすっと取れ、現金なくらいに軽くなる。

「ジーン」

西根がジーンを呼ぶ声が好きだ。ぞくぞくして、体中が恍惚《こうこつ》とする。

背筋に沿って降りていく西根の唇にジーンはビクビクと全身で反応した。

「ああ、……あ、……髭が……」

シーツに指を立て、官能の波をやり過ごす。

肌を掠めるざらざらした髭の感触に、ジーンは密かに身悶えた。感じてしまう。こんなのは初めてだ。恥ずかしくてとうてい髭で感じたなどとは白状できないが、体は嘘をつけない。シーツに押しつけた股間がいきり立ち、せつなくなってくる。太股に当たる西根のものが欲しくて、ジーンははしたなく腰を揺すり、喘いだ。

求めていることが西根にもわかったのか、西根は双丘の狭間に手を忍ばせてきた。

乾いた襞を躊躇うように撫でられる。

女ではないので、自分からは濡れない。

「……何か、あるか?」

西根に聞かれ、ジーンは腹這いのままサイドチェストの抽斗《ひきだし》に腕を伸ばすと、中を探ってローションの入った小さなプラスチックボトルを取り出し、西根に手渡した。

パチン、と静かな室内に、蓋を開ける音が響く。

それがとてつもなく淫靡に聞こえて、ジーンはシーツに顔を埋めた。

心臓が鼓動を速める。

これから与えられる悦楽を期待して胸が騒いだ。

西根とひとつになりたい。ただ快楽を得るためばかりでなく、彼が自分だけの恋人だと身をもって知りたかった。こんな気持ちは初めてだ。都筑にすら感じなかった。

とろりとした感触が秘部を濡らす。

続けて無理なく指が差し入れられてきた。

「んんっ、……う」

狭い筒の中を抉《えぐ》るように進んでくる指に、ジーンは艶《つや》のある喘ぎ声をたてた。

「痛いか？」

ジーンは首を振る。

たっぷりと濡れた指は、耳を塞ぎたくなるように恥ずかしい音をさせつつ、慣らすようにジーンの奥を出入りする。

長くて節のある指にジーンは節操もなく感じた。

「ああ、あ……あっ」

気持ちがいい。

ジーンは声を嚙む努力を早々に擲《なげう》って、頭の芯が痺れるような快感に陶酔した。

さらに太股を大きく拡げられ、二本に増えていた指を抜かれた。

替わりに腰が押しつけられてくる。

中心からそそり立つ竿の先端が十分に濡れて解された襞を割る。

そのままいっきに奥まで突き上げられた。

「ああああっ」

意識が真っ白になるほど強烈な悦びを覚え、ジーンはあられもない嬌声を放つ。

「ジーン！」

西根も切羽詰まっているらしく、声に余裕を欠いていた。

「ジーン、好きだ」

力強く腰を打ちつけながら、西根が熱に浮かされたように告白する。

「ずっとこうしたかった。……もっと早く、こうすればよかった」

激しく抽挿《ちゅうそう》しながら、西根はジーンの背中中《じゅう》に唇を滑らせ、上気した肌を啄んだ。皮膚の薄いジーンの肌には、赤いキスマークがいくつも散らばっていることだろう。こうすることで西根に自分のものだと宣言されている気がする。嬉しかった。もっといくらでも所有の証しを刻み込まれたい。

「西根さん……ああ、あっ。もっと……もっとください」

ジーンは貪欲に西根を求め、肘を突いて上体を少し起こすと、自分からも腰を動かした。

荒く上がった息が、互いに交わる。

肌と肌のぶつかる音、淫靡な湿った音、せつない喘ぎ声。脳髄が麻痺し、羞恥よりさらなる悦楽を求める気持ちに支配されていた。

「ジーン」

脇を支えていた手が尖った乳首を摘み上げ、躙《にじ》るように刺激する。

ジーンは感じすぎてどうにかなりそうだった。

「い、いく、……いく！」

がまんできずにジーンは堕ちた。

長い間、禁欲させていた淫らな体は、快楽に弱いジーンの意志ではどうにもならず、シーツの上に夥《おびただ》しい量の迸《ほとばし》りを放ってしまう。

そのままジーンはがくっとシーツに突っ伏した。

下腹に濡れた感触が広がる。

「ジーン……！」

先に達ったジーンの姿に、西根もさらに欲情を触発されたらしい。

伏せていた身を起こして膝立ちになる。ジーンの奥に挿入したものは抜かず、ジーンは西根に腰ごと持っていかれた。

より動きやすくなった体勢で、ジーンは西根に徹底的に責められた。

掲げさせられ、恥も外聞もなく大股を開かされたあられもない中心を、西根の太くて長い竿で抜き差しされる。

強烈に淫靡な快感がジーンを襲った。

一度放って感じやすくなっていた体を容赦なく揺すり立てられ、ジーンは悲鳴を放ちながら泣いた。

感じすぎて辛い。

だが、幸福でもあった。

「お願い、許して……！　だめだ、西根さん、もう、壊れる！」

泣いて哀願しても西根は「もう少し」と譲らない。

「すぐにいく」

宥めるように何度か言われた。

狭い筒の内側を激しく擦って刺激され、奥の奥まで抉って突かれる。

徐々に抽挿の勢いは増していき、もはやジーンは何も考えられずに泣いて喘いで哀願するばかりになった。

早く終わって欲しい気持ちと、このまま気を失ってもいいからもっと西根を堪能したい気持ちが交錯する。

「ああ、あ、ああっ」

「ジーン……っ！」

一際深く貫かれた瞬間、ジーンはとうとう頭の中を真っ白にして、意識を遠のかせていった。

奥に熱い迸りがかかるのを感じる。

「うっ、すまん」

しまった、というように西根が唸る声が耳朶を打つ。

何を謝るのだろう、とぼやけていく頭で思った。

べつに嫌ではなかった。むしろ、寸前で抜かれていたらジーンはしらけていただろう。もちろん、西根だから許すのだ。あれこれ考えることもできなくなるほど高揚して求められた嬉しさが、ジーンを浸していた。

「……愛してる、ジーン。俺はおまえだけだ」

耳元に囁く声が聞こえる。

いったいどんな顔をしてこんなセリフを言っているのだろう。

想像しようとしても、浮かぶのは熊が照れくさそうにしている姿だけだ。

……おかしい。熊のくせに。

そのままジーンは幸せに満ちた眠りに身を委ねた。

4

週明け、オフィスに出社したジーンは、デスクの上に都筑《つづき》からのメモが置いてあるのを見つけ、少々きまりの悪い思いをしながら、社長室のドアをノックした。

「どうぞ」

中からすぐに応答がある。

ジーンは糊《のり》の利《き》いたシャツの襟元《えりもと》に指をやり、ネクタイの位置を気休め程度に直すと、思い切ってドアを開け、室内へと入っていく。

都筑はエグゼクティブデスクの後ろにある窓辺に立っていたのだが、ジーンを見ると軽く片眉《かたまゆ》を上げ、ベージュのレザーを張った応接セットを顎《あご》でしゃくった。

「失礼します」

この部屋に来て都筑から椅子《いす》を勧《すす》められたのは、ジーンが覚えている限り面接のとき以来だ。最終面接は社長自身が行うと告げられ、ひどく緊張して座ったことを思い出す。

今も、ジーンはそのときと同じくらい動揺した気持ちで、ソファの端に腰かけた。

「朝から呼び出して悪いな」

すぐに都筑も対面の肘掛け椅子に座った。いつものように悠然とした態度ではあったが、いくぶん勝手が違うように、どう切り出そうかと迷う感じが窺《うかが》える。プライベートな用件でジーンと向き合っているつもりなのが、都筑の言葉や顔つきにはっきりと出ていた。

都筑はじっとジーンの顔を見る。

探りを入れるような眼差《まなざ》しに晒《さら》されて、ジーンは羞恥《しゅうち》に狼狽《うろた》えた。

この週末に起きたことを全部都筑に見透かされているかのようだ。

金曜の夜、精神的に不安定になって思わず都筑に電話をかけてしまってから、ジーンの状況は激変した。土曜、日曜と、これまで味わったこともないほど幸福と安堵《あんど》に満ちた時間を過ごし、こうしてまた日常に戻ってきたわけだが、ジーンは、週末オフィスを出たときとは世界が一八〇度変わったように感じていた。同僚たちの顔触れも、仕事の内容も、ボスである都筑も、周りは何一つ変わっていないが、ジーンにはまるで別の世界が開けたような気がする。

「大丈夫か？」

都筑が真摯《しんし》な顔つきを向けたまま、あれこれ回りくどいことは一切飛ばして、いきなり核心を突くことを聞いてきた。

「はい」

今までのジーンなら、まず間違いなく「何のことでしょう？」とシラを切っていたところだろう。決して素直に答えはしなかったはずだ。そのことひとつとってみても、ジーンの心に起きた変化に気づくのは、都筑には容易《たやす》いことだったに違いない。

「ああ……」

都筑はどこかホッとした様子で、安心したような吐息をついた。

「どうやら、俺が心配することはなくなったようだな？」

「お気遣いいただいて申し訳ありませんでした」

いっさい意地を張らず、本心を隠すこともせず、ジーンはこの半年あまり胸に抱え込んでいたもやもやを認め、かつ、それがようやく晴れてすっきりしたことを匂《にお》わせて答えた。

「いい顔をしている」

すっと目を細め、都筑が親密度の高さを感じさせる発言をする。

「……そうですか？」

自分でも多少はそうかもしれないと自覚していたが、面と向かって言われるとどうしても気恥ずかしさが先に立つ。ジーンは困惑して視線を彷徨《さまよ》わせた。

それまではジーンの方に身を乗り出すようにしていた都筑が、背凭《せもた》れに背中を預けて座り直し、足を組む。そうするといっきに寛《くつろ》いだ雰囲気になった。どうやら都筑もジーンとこの話をするに当たっては、幾ばくかの気負いを持っていたらしい。

「昨日、西根《にしね》も出展している合同アート展を見に行ってきた」

都筑の言葉にジーンはピクッと反応する。都筑はきっと基《もとい》と一緒に出かけたのだろう。すぐにそう思ったが、だからといって以前のように訳もなく不愉快な気分になることはなく、ほとんど何の感慨《かんがい》もなく、ああそうか、と受け入れられていた。心に乱れが生じない。ジーンは、自分の中に巣くっていた蟠《わだかま》りがほとんど消えたのだと、あらためて確信した。

「俺は詳しくないんだが、思わず見入ってしまうような作品ばかりで感心したよ。なまじ本人を知っているものだから、なおさら意外だったのかもしれない。つくづく人は見かけによらないものだな？」

「え、ええ……」

鋭い流し目をくれられてジーンはどぎまぎしながら覚束《おぼつか》ない相槌《あいづち》を打つ。

「きみはどう思った？」

「えっ？」

「見に行ったんだろう？」

当然のような口ぶりで聞かれ、ジーンは適当に言い抜けてしまうことができず、頷いた。

「初日に、行きました」

「西根もさぞかし喜んだだろうな」

「それは……どうかわかりませんが。彼、何かボスに言っていたんですか？」

もしかすると、ジーンとの間に始まった新たな関係を、都筑に喋《しゃべ》ったのだろうかと疑いつつ聞いてみたが、都筑は「いや」と即座に否定した。

「べつに向こうからは何も言わなかった。俺がきみのことを聞いたら、『来てくれた』と答えたんだ。それだけだったんだが、そのときの西根の表情から、ああいい関係なんだな、と思わせられてな。どうやらきみのことは西根に任せても大丈夫のようだと感じた」

「……はい」

ジーンは気恥ずかしさに俯《うつむ》きがちになりながら、精一杯自分に正直になった。

「週末のことをボスにお詫《わ》びしなければとずっと反省していました。火急の用件でもなかったのに、お寛ぎのところをお邪魔して、本当に申し訳ありませんでした。あの晩のわたしは、少しどうかしていたんです。二度と会わないだろうと思っていた人と偶然会ったり、普段なら絶対に口にしなかったはずのことをはずみで言って気まずくなったりしていて、動転していたんだとしか思えません。冷静に判断できる頭があったら、あんなふうにボスにご迷惑をおかけすることはなかったのですが」

「きみらしくないとは思って気になりはしたが、迷惑とは思わなかった」

「そう言っていただけると助かります」

「ジーン」

都筑の声音がさらに優しく、親しげになる。

「オフィスでこういうプライベートなことを話題にするのは避けるべきかもしれないが、お互いのために気がかりは減らしておきたい。もう少し付き合ってもらっていいか？」

「わたしは最初からそのつもりでここに来ました」

「ＯＫ」

ジーンの返事に都筑は小気味よさげに眉を跳ね上げ、目を眇《すが》める。

「それじゃあ単刀直入にいこうか」

「なんでしょう。そんなふうに前置きされると少し怖いです」

なまじ冗談ではなく、ジーンは身構えて背筋を自然と伸ばしていた。顔にも不安が出ていたかもしれない。そんなジーンを見て、都筑はフッと笑う。自分でもずいぶん表情が豊かになったと自覚しているのだが、都筑もそう思ったようだ。

「俺はきみにとってひどい男だったか？」

「いいえ」

いきなり予期せぬ事を問われ、ジーンはまともに面食らう。

都筑をそんなふうに思って恨《うら》んだことはない。反対に、悪いのは自分だと知っていたから、辛かったのだ。もう少しこの性格がどうにかなるなら、どれだけ楽だったろうと考え、結局は考えるだけで現実にはどうにもできないジレンマに苦しんでいた。

「わたしは……だめなんだと思っていました。誰とも本気でぶつかり合えなかったんです。きっとてつもなく不器用なんでしょう。だから、素直に心が開けない。ボスに対してもそうでした。プライドばかり高くて鼻持ちならない男だと自分でも思います。実際、そう罵《ののし》られたこともありますし。……基さんみたいには、とてもなれない。体だけ、と突っ張っていたわたしに、ボスが負い目を感じられる必要はまったくありません」

言葉だけではなく、ジーンは本当にそう思っていた。

都筑にもジーンが本心から言っていることは通じたらしい。

「聞いてもいいか?」

「西根さんのことですか?」

先回りしたジーンに、都筑が「ああ」と苦笑する。ジーンの察しのよさにやられたと思うのと同時に、話が早くて助かると満足したようだ。

「ずっと誘ってくれていました。最初はいろいろと思惑があってのことだったみたいですが。その点は本人も否定しませんでしたし。でも、だんだん会って話をすることだけが目的になってきたそうです……」

週末を一緒に過ごしたときに西根から聞いたばかりのことを、ジーンは照れくさくなりつつも都筑に話した。なんとなく、誰かに聞いて欲しい気分だったのだ。今自分が感じている幸せな気持ちが、勘違いや間違いではないのか、客観的な意見を聞いて確かめたい気がした。本来は自信家で高慢《こうまん》なくらいに振る舞うのだが、本気の恋愛に直面するや、ジーンは自分でも首を傾《かし》げてしまうほど小心になっていた。

「つまり、付き合うことにしたわけだな?」

「……まぁ、わたしも、やぶさかではありませんでしたから」

こんな話をよりにもよって都筑としている不思議さ、奇妙さを覚えながらも、ジーンはできる限り自分に正直に答えた。

「西根はいい男だ。俺が言うのも何だがな」

都筑も似たようなことを感じたらしい。お節介焼きの自分に少々閉口したように顔を顰《しか》める。

ジーンは口元を緩めて微笑した。

「ありがとうございます」

都筑の口から西根を褒《ほ》められて嬉しかった。太鼓判《たいこばん》を押された気分になる。

「ボスとはまるでタイプが違いますが、一緒にいると気持ちが安らぐので、わたしにとってはベストのパートナーなのかなと思います。まったくのところ、自分がこんな気持ちになれるとは想像もしていませんでした。出会うきっかけをくれた基さんに、今は感謝しています」

基の名を出すと、都筑の頬《ほお》がピクリと反応した。

「……ああ」

おそらく基を脳裏に浮かべたに違いない。見るからに満ち足りて幸福そうな表情になる。ジーンが知る限り、都筑にこういう顔をさせるのは基だけだ。やはり羨望《せんぼう》は感じる。果たして西根も、ジーンのことを思い浮かべるとき、こんなふうな表情をしてくれるのだろうか。

「きみがそんなふうに思っていると知ったら、基も安心するだろう」

「今度、ちゃんと謝ります」

ジーンは微《かす》かに残っていた躊躇《ためら》いを払いのけた。

「ひどいことを言って基さんを傷つけてしまいました」

泣きそうに歪《ゆが》んでいた顔を思い出し、ジーンは今さらながらにチクリと良心が痛むのを感じた。汚れを知らなさそうな、いかにも深窓の令息然として苦労知らずに見えた基がどうしようもなく憎らしくて、悪意に満ちた赤裸々《せきらら》な発言を山のようにした。

「もっとも、基さんがわたしにはもう会いたくないと思っているなら、控《ひか》えますが」

「さぁ、おそらくそんなことはないだろう。直接きみのことをどう思っているのか聞いたことはないが、基はできることなら皆と仲良くしたいと考えるタイプだ。根に持つ方でもない。ジーン、白状するが、俺はきみよりもっと最低なことを基にした。だが、基は俺を責めもせずに許してくれた。きみのことも同じだろう」

「ボスは……」

そこでジーンはいったん言葉を切り、気持ちを落ち着かせるための間を取った。

ちらりと視線をエグゼクティブ・デスクの上の写真立てへと走らせる。こちらからでは裏側しか見えないが、ジーンの頭の中には、こちらを見つめて爽《さわ》やかに微笑《ほほえ》む基の顔がくっきりと思い描かれていた。

「ボスは、本当に、いい恋人を見つけられましたね」

「ああ」

衒《てら》いもせずに都筑は頷き、ジーンを温かな目で見つめる。

「次はきみの番だ。俺はやっぱりきみを放っておけない。どうしてもきみが無理をしているように感じられて仕方がなかった。かといって俺に何かしてやれるわけでもなし、どうしたものかと悩んでいたんだ」

「はい。なんとなく、わたしもそれは感じていました」

「俺はせめてきみの気持ちが落ち着いてくれさえすればいいと思っていた。だが、蓋《ふた》を開けてみたら、俺が気を揉《も》む必要などまったくなかったわけだ」

「結果的には、そうなるんでしょうか」

ジーンは照れを感じて、持って回った返事の仕方をした。

都筑は真剣な顔をしたままだ。

「安心した」

心底そう思われていることがひしひしと伝わってくる。ジーンはコクリと喉《のど》を鳴らし、黙って頭を下げた。

都筑は間違いなく誠意のある男だったと思う。

ジーンが初めて本気になりかけた男だ。

これまでずいぶん奔放《ほんぽう》なことをしてきて、決して趣味がいいとばかりも威張《いば》れない遍歴もあるのだが、都筑のことは後悔していない。

そして、都筑というステップを経ていたからこそ、西根の魅力にも気づけたのではないかと思うと、自分の人生もそう捨てたものではない気がしてくる。

「さて、じゃあ、業務に戻るか」

都筑がおもむろに立ち上がった。

ジーンも気を取り直し、いつもの秘書の顔になる。

「本日の午後から予定しているミーティングだが、ちょっと別の企画のアイディアが浮かんだから、議題を一部変更したい。悪いが大至急資料を揃《そろ》えてもらえるか」

「かしこまりました。お任せください」

「会議室も変更だ。プロジェクターを使用するので、スクリーンのあるA会議室で行う」

「出席メンバーに連絡します」

きびきびしたやりとりを交わす。

ジーンの頭には、表を見なくても向こう一週間のスケジュールが完璧《かんぺき》に記憶されている。その正確さには都筑もしばしば感心するほどだ。抜けのない仕事をして都筑をサポートすることは、ジーンにとって絶対に譲れないプライドだった。

これからも、有能な秘書であり続けようとする意識自体は変わらないと思うが、前より少し肩の力が抜けて楽になれるかもしれない。

「俺からは以上だが、きみの方は何かあるか?」

「いいえ、今のところはありません」

打ち合わせを終えて社長室を出て行こうとしたジーンを、「そうだった」と都筑は最後にまた呼び止めた。

「ジーン、今日は定時退社だ」

振り向いたジーンに都筑はニッと意味ありげに笑いかける。

「そのつもりで仕事を進めろよ」

「はい。わかりました」

廊下に出て、バタン、と後ろ手にドアを閉めたジーンは、「まいったな…」と小さく呟《つぶや》くと、動揺したときの癖《くせ》で、髪を掻《か》き上げた。

まるで都筑に、始まったばかりの西根との関係を後押しされているようだ。嬉しさと恥ずかしさが一緒くたになって込み上げる。昔は本当に仕事のことしか頭になく、すこぶる厳しい上司だったはずの都筑が、人の恋路にまで気を回せるようになるとは、わからないものだ。ジーンは基の影響力の強さを侮《あなど》れないと思い、ひっそりと苦笑した。きっと都筑は我が身に置き換え、付き合いだしたばかりの頃、都筑自身が基とずっと会っていたかったことを思い出し、ジーンも多分同じなのではないかと考えてくれたのだ。

都筑の気遣いはありがたかったが、今日は西根と特に何の約束もしていない。帰り際に電話がかかってくれれば、もちろん会うのはやぶさかでないが、たぶん無理だろう。

土曜の午後も日曜の午後も、西根は名残惜《なごりお》しげにジーンの体を離し、出かけていった。やはりアート展が気になるようだ。今日も会場に詰めるはずである。

土曜日は夜の十時過ぎにもう一度ジーンのアパートメントに来てくれたが、招待客の接待やメディアへの応対などでずいぶん忙しそうだった。「悪いな」と顔を顰めて謝る西根に、ジーンも文句は言えず、もっと一緒にいたい気持ちを抑えた。

ジーンがもう一度会場に行くという手もあるが、それもなんだか面映《おもは》ゆい。

それに、万が一にでも、またマイケル・ファーバーと顔を合わせてしまったらと考えると、絶対に嫌だった。今度は西根に向かってどんな毒を吐かれるかわからない。ジーンが過去にしてきたことを、あることないこと喋られたら困る。なまじ身に覚えがあるだけに、ジーンは恐々《きょうきょう》とした。それを聞いたくらいで西根の気持ちがあっさり覆《くつがえ》ってしまうとは思わないが、西根も不愉快に感じるに違いない。

暇になればきっと西根から連絡してくるだろう。ジーンはそう思い、今日はまっすぐに帰宅することに決めた。都筑の気持ちだけありがたく受け取らせてもらうことにする。

秘書課に戻ると、すでに皆業務に取りかかっていた。

「おはよう、ジーンさん」

庶務《しょむ》の女性が新聞の束を抱えてきて、たまたま目が合ったジーンに挨拶《あいさつ》する。

ジーンも「おはようございます」といつもの通り淡々とした口調で返し、ふと、ちらりと見えた文化欄《らん》に目を留め、そこから視線を離せなくなった。

「どうかした？」

年上の女性は訝《いぶか》しそうに腕に抱えた新聞を見下ろす。

「あ、いや。なんでもありません」

ジーンは慌《あわ》てて取り繕《つくろ》った。

合同アート展のことがコラムに書かれており、添付された写真の中央に西根の生けたフラワーアートが写っているのを見ただけでドキリとしてしまった自分を、心の中で窘《たしな》める。

「ああ、これ?」

新聞を見た女性が意外そうな声を出す。

「こういうのに興味あるんでしたっけ?」

「ええ、ちょっと」

ジーンが愛想《あいそ》よく答えると、さらに「へぇえ」と目を瞠《みは》られた。フラワーアートに関心があるなしよりも、むしろジーンがそっけなくしないことに驚いたようだ。

「なんだか変わりましたね、ジーンさん。心境の変化でもありました?」

「かもしれませんね」

ジーンは庶務の女性が「読みますか?」と差し出してくれた新聞を受け取ると、相手がハッとして息を呑むほどの笑顔を見せた。

予定通りに定時でオフィスを出たジーンは、ビルの前の路肩に停められた赤いステーションワゴンを見つけ、一瞬、夢でも見ているのかと思った。

次の瞬間には、単に西根と同型・同色の車か、と気がついて納得した気持ちになったものの、それも束の間のことだ。

運転席のドアが開き、中から西根本人が降りてくる。

「嘘……」

ジーンは信じられなくて、思わず声に出して呟いていた。

今日の西根はスーツ姿だ。ネクタイこそしていないが、いわゆるデザインもののスーツを着ている。適当に着崩してラフにアレンジしているのだが、それがまた妙に様になっていた。こんな服もちゃんと自分なりに着こなせる男なのだと感心させられる。

おまけに、もっと驚いたことには、顔に髭《ひげ》がなかった。綺麗さっぱり顎から消えている。よもや西根が、自分自身では気に入っているらしい無精《ぶしょう》髭を剃《そ》るとは思いもかけず、ジーンもそれに慣れつつあったので、これにはかなりの衝撃を受けた。

髭を剃ればそんなに悪くない顔なのではないか、と想像してみたことはあったが、実際にその通りになると、ジーンが思っていた以上に西根はハンサムだ。あれだけむさ苦しくて、冴《さ》えない印象だったのが嘘のように見栄《みば》えがする。

いったい、これは、どういうことなのだろう。

なぜ西根が今の時間ここにいるのか。

通常ならばまだ会場にいなければならないはずだ。

何が起きたのかと当惑し、頭の中を疑問でぐるぐるさせているうち、西根はジーンの目の前まで歩み寄ってきた。

「よう」

さすがに西根の方も照れくさそうだ。自分の変わり様を自覚していて、ジーンがどう思うのか気になるらしい。

「驚いたか？」

「驚きすぎて……声も出ません」

ジーンが素直に認めると、西根は「ははは」と楽しげに笑い、頭を掻《か》いた。

黒い瞳が茶目っ気たっぷりに輝いている。邪気のない、綺麗な目だった。これだけ不意を衝《つ》かれて驚かされても、愛情の籠《こ》もる瞳をまっすぐに向けられると、ジーンは悔《くや》しさよりも脱帽《だつぼう》する気持ちの方が勝ってきて、文句を言う気も失せた。

「髭、剃ったんですね」

「ああ。どんなふうかと思ってな」

西根はジーンが一番に髭のことに触れるのを予期していたようで、ずいぶんあっさりとした口調で答える。髭にはずいぶん思い入れと執着があるのだろうと感じていただけに、ジーンは意外だった。まさか剃るとは思わなかった。なぜ急に剃る気になったのか聞いてみたくもあったが、それより先にまだ聞くことがあり、取りあえず髭のことは後にすることにした。

「展示会はどうしたんです？」

「今日は午前中だけ行ってきた。午後からは大切な用事があったから、抜けさせてもらった」

「大切な用事って？　わたしを迎えにくることですか？」

いささか厚かましくて自信過剰だとは思ったが、ジーンはいつものごとく上段に構えた言い方をした。しおらしく下手《したて》に出て相手の顔色を窺うような対応は得意ではなく、いざとなるとどうしても地が出てしまう。西根には、こういう性格だと諦《あきら》めてもらうしかなかった。好きで、気を許しているからこそ、逆にそうやって甘えるのだ。

「ああ、その通りだ、ジーン」

西根は面白そうにニヤリと笑い、衒いもなく肯定する。

てっきり違うと否定されるだろうと踏《ふ》んでいたジーンは、返す言葉が見つからず、心の中で狼狽えた。今さら冗談だとも言えなかった。

「よかったら食事に行こう」

フォローするように西根があらためて誘ってくる。

「いいだろう？」

嫌と答えられるわけがない。ジーンも西根と会えるものなら会いたいと思っていたのだ。土曜も日曜も会ったのだが、ひとりになりたいとはまるで感じなかった。表面上はあくまでも平気な振りをしていたが、出かけていく西根を行かせたくない気持ちでいっぱいだったのである。

「あなたが、どうしてもと言うんなら」

都筑の前では西根に対する気持ちにいくらか正直になれたが、西根本人の前ではさすがにまだ難しい。ジーンはじわじわと頬を火照《ほて》らせつつ、強気の返事をした。

「車で来てる」

西根がクイと親指を曲げて年季の入ったステーションワゴンを指差した。

「知ってます」

赤くなっているに違いない頬を隠すため、ジーンはプイとそっぽを向く。

「助手席、相変わらず散らかってるけど」

車に歩み寄っていきながら、西根は何を今さらと思うようなことを、いかにも弁解がましく言った。

ドアの前に立ち、西根は体を横にしてジーンを振り返った。

ますます照れくさげな顔になっている。

ジーンは違和感を覚え、どうしたのだろう、と首を傾げた。なぜこんなふうに気恥ずかしげな様子をするのか、さっぱり思い当たらない。

「あなたの車が汚いことなんて、とっくに知っているし、諦めてます」

「そっか」

ポリ、と西根が髭のない顎を掻く。本人もいつもと感覚が違ってしっくりこないらしく、掻いた後で、ああそうだった、という表情をしていた。

「じゃあ、まぁ、乗ってくれ」

西根がゆっくりとドアを引く。

スーツを着て、こざっぱりした姿になった西根にこんなふうにされると、なまじ似合わなくもないだけに、ジーンまで照れてきた。

開いたドアの隙間《すきま》からわざと無造作《むぞうさ》に身を入れかけて、ジーンは初めてシートの上に置かれていたものに気づく。

花束だ。

「えっ？」

危うく腰を落としてしまいかねなかったところでやっと気がついたため、ジーンの驚きと焦《あせ》りは強かった。

「うわ……！」

慌てて西根の体に捕まり、間一髪《かんいっぱつ》踏み止まる。

「おっと」

こうなることをある程度予見していたらしい西根が余裕でジーンの体を支えて立たせ直す。

「き、恭平《きょうへい》さん、なんですか……これ……？」

思わぬところで肝を冷やすはめになりかけたジーンは、息を荒げ、しどろもどろに聞く。心臓はまだばくばくしていた。何食わぬ顔をしてドアを開けた西根もたいがい意地悪だ。もしうっかり尻の下に敷いていたらと想像すると、冷や汗が出る。

「おまえに、気持ちばかりのプレゼントだ、ジーン」

ドアの陰になっているとはいえ、往来で堂々とジーンの腰を抱いたまま、西根はふと真面目な表情になって言う。

「プレゼント……花束の？」

「ああ」

ジーンはあらためてシートの上を覗《のぞ》き込む。

花束は、両腕の中にすっぽりと抱き込めるくらいの、さほど大きくはないものだった。光沢のある白い紙を二重にして、さらにその内側にトレーシングペーパーのような半透明の紙を入れた包み紙でラッピングされている。中の花もまた、白と優しげなグリーンの二色で纏《まと》められていた。まるで、初々しい花嫁のブーケのような印象だ。

西根がジーンの横合いから腕を伸ばし、花束を取る。

「アマリリスと薔薇《ばら》だ」

中央に白い花を二種類配し、それらを守るように優しく取り囲む、どこかエキゾチックな印象のグリーン。アマリリスはモンブラン、薔薇はエクアドルローズという名前だと西根がさらりと教えてくれた。

「もっと華やかな方がおまえは好みなのかとも思ったが、今回は、俺のイメージで作ってみた」

「この、白と淡い緑がわたしなんですか？」

「俺にとってはそうなるかな」

ジーンは西根の手から花束を受け取った。

二色に抑えた花束は、気品があって、さりげなく、そのくせひどく印象的だ。緑が花を守る鎧《よろい》のようにも見えれば、あえて表面に出す悪辣《あくらつ》さのようにも見える。ただ綺麗というより、見れば見るほどどんなふうにも解釈のできる、奥の深いメッセージが詰まったアレンジだと思えた。

「もっと……赤とか紫とか、毒々しいイメージを持たれているのかと思った」

「こういうのは嫌いか？」

「いいえ」

柔らかさと脆《もろ》さの中に毅然《きぜん》とした強さを感じさせる花だと表現されて、悪い気はしない。西根がジーンをこんな印象だと捉《とら》えてくれていたとはかなり意外で、なんだか恥ずかしさも感じたが、心の籠もる花束はとても嬉しかった。

ジーンは花束の中心に顔を埋め、甘い花の香りを吸い込んだ。

「花束をもらうのなんて初めてです。戸惑《とまど》うけれど、嬉しい」

「初めてだったとは、光栄だな」

西根はそう言ってから、おもむろにジーンの耳元に顔を寄せてきた。

「それに、やっと俺の名を呼んでくれたな」

無意識だったジーンは言われて初めて気がつき、狼狽えた。

「そ、……そうですか？　わたし、今まで呼んでませんでしたか？」

「俺の耳に届いた範囲では、さっきが初めてだ」

西根が確信的に断言する。

そうまで言われては違うと抵抗することもできず、ジーンは黙って口を噤《つぐ》むと、もう一度花の香りを楽しんだ。上品かつ爽やかで、ほのかな色香さえ感じられる素敵な香りに鼻腔《びこう》を擽《くすぐ》られ、飽《あ》きない。

「さてと、よかったらそろそろお乗りいただけますか、お姫様？」

西根が冗談めかしてジーンを促《うなが》す。

「今度はお姫様扱いですか。そういうのは好きじゃないな」

「ご不満？　へぇ。それだけ姫っぽく振る舞っておきながら、よもや本人が無自覚ということはないと思っていたよ」

「あなたも結構口が悪いな！」

「そうでもない。おまえに比べたら俺なんかかわいいもんだ」

「いいから、早く車を出してくださいよ」

「はい、はい」

ドライバーズシートに滑《すべ》り込んできた西根が薄笑いしながら溜息《ためいき》を吐《つ》く。

イグニッションキーを回してエンジンをかけ、「で？」と西根はからかうようにジーンを見た。

「な、なんですか？」

何を聞かれたのかわからず、ジーンは膝に抱えた花束から視線を上げ、隣に座る西根をジロッと見やる。

顔を合わせた途端、髭のない顔にまた胸が熱くざわめいた。

魅力のあるいい顔をしている。こんなにハンサムな男だったとは、反則だ。ジーンはフェイントをかけられた気がして、先ほどからどきどきしっぱなしの心臓を持て余し気味だった。

「何を食べに行こうかって聞いたんだ」

たびたび上の空になるジーンが珍しいのか、西根はニヤニヤしっ放しだ。

ジーンは悔しくなった。

こうも予想外のことが続いて西根に振り回されてばかりでは、おめおめ引き下がれない。負けん気の強さが顔を出す。

「わたしが食べたいものでいいんですか？」

「もちろん」

「じゃあ、これ」

ジーンは澄ました顔をして言うなり、西根の股間を握った。

驚くかと思いきや、西根は満足そうにクックッと笑いだす。

「……そう来るかもしれないとは思っていたが、まさか当たるとはね」

「なんですって？」

西根は引きかけたジーンの手首をガシッと捕らえると、強い力で腕を引き、ジーンの体を自分の胸に引き倒す。

「うわっ」

ジーンは何がなんだかわからぬまま、西根に唇を奪われていた。

「仰《おお》せのままに、だ」

「じ、冗談だったんですけど」

「それはなしだな」

怯《ひる》むジーンに西根は容赦がない。

もう一度手を摑《つか》まれ、股間へと導かれた。

西根のそこはすでに硬く芯を持ち始めている。

「おまえがその気にさせたんだ。責任を取ってもらわないと困る」

布地の上からでも熱く脈打つのがわかると、ジーンも体が火照りだし、欲情してきた。我ながら節操がない。

「わかりましたよ。取ればいいんでしょう、責任」

西根に答える声には明らかに悦楽への期待が混じっていた。

早く二人になりたいと言い、西根はトライベッカの、一階にコーヒーショップが入っているホテルに部屋を取った。オフィスからは目と鼻の先の距離だ。

街中の喧噪《けんそう》から離れた環境で、室内は小綺麗に調えられており、窓の外にはエンパイア・ステート・ビルも見えた。

「髭がないあなたは新鮮だな。別人みたいに思える」

裸になってベッドに入り、西根の顔をまじまじと覗き込んで、ジーンは冷やかした。

「おまえが痛いと文句をつけるからだ」

「文句なんて言ってませんよ」

確かに、肌を擦《こす》るザラザラした感触が慣れなくて、はずみで痛いと口にした覚えはあるが、べつにジーンは嫌がったつもりはなかった。それどころか、感じてしまっておかしな気分になり、こんなのもいいかも、とはしたない欲望を募らせたくらいだ。

「でも……」

ジーンは西根のきりりとした男前の容貌に少しばかり長く見惚れ、もう少しでうっかり褒め言葉を口にしかけるところだった。慌てて気を取り直し、語尾をぼかして終わったが、西根は続きを聞きたいような顔をして「でも?」と促してきた。

「何でもありません」

面と向かって素敵だの惚れ直しただの、ジーンにすんなり言えるはずがない。

つんと顔を横に倒して背けると、西根は「ふん」と苦笑いを浮かべた。やはりお姫様気質だと思われたらしい。

「せっかくの土日を放っておいて悪かったな」

西根は高慢なジーンの態度を意に介した様子もなく、あやすように頬や顎や額《ひたい》に指を触れさせてきて詫びる。

多忙な中あんなに気を遣って傍にいてくれたのに、まだ西根はジーンにしてやり足らなかったと思っているらしい。ジーンは西根の情の深さに啞然とすると同時に、目頭が熱くなるほど嬉しかった。

正面を向き直って西根の顔を見上げ、自分からもそっと西根の頰に手を伸ばす。

「あれで放っておいたと言われたら、わたしは今後、身が持ちそうにないです」

金曜の夜から日曜の午前中にかけて、何度抱き合ったかわからない。土曜の午後に西根が出かけていって部屋にひとりになった後、ジーンは本気でしばらく足腰が立たず、ベッドから抜け出せなかった。つくづく西根に気づかれなくて助かったと思ったものだ。

「いくらなんでも、そんなに貪欲《どんよく》じゃありませんよ」

誤解しないでください、とジーンは西根をやんわり睨《にら》む。

「俺は何度でもおまえが欲しいと思った」

至って真面目な表情で西根がさらりと大胆なことを言う。

自分を隠さない西根の潔《いさぎよ》さに、ジーンは羨《うらや》ましさを感じる。なぜ西根はこうも自然体でいられるのだろう。反対に、なぜジーン自身はつまらない虚勢ばかり張りたがるのか。性格の違いという一言では納得しきれないところがある。ジーンは、少しずつでもいいので、西根のように変な気負いを持たない人間になりたかった。

「どうやらおまえに徹底的に骨抜きにされたかな」

西根はまるで悔しさなど感じていないように屈託《くったく》のない顔つきをしている。

「骨抜きなんて。人聞きの悪い」

「だが事実だ。さて、俺はどうしたらおまえの心をしっかり惹きつけておけるのか。悩むな」

まんざら冗談でもなさそうに言った西根の視線が、ベッドサイドにあるチェストの上に載せられた、白と緑の清廉《せいれん》で可憐《かれん》な花束へとずれる。

「このアレンジメント・フラワー、少しはお気に召してもらえたか？」

冗談めかしながらも西根の瞳は真摯だった。プロとしての自負と、花束に託したジーンへの偽《いつわ》りのない深い気持ちが、ひしひしと感じられる。

「ありがとう、恭平さん」

ジーンもここは素直に頷《うなず》き、心を込めて礼を述べた。そういえば、まだ言っていなかったことに気がついたのだ。

「これが自分のイメージかと思うと……ちょっとピュアすぎるようで恥ずかしいけれど、こんなふうに表現してもらえてとても嬉しいです」

「おまえには白い薔薇がぴったりだ」

雅《みやび》な芳香《ほうこう》で男を誘い、一見華やいでいるのだが、その実傷つきやすく、棘《とげ》を出して身を守る神経質な花。西根はそんなふうにジーンを見ているらしかった。

「俺はどこまでおまえを大事にしてやれるかな。できることはすべてするつもりだが、それでも俺では役者不足かもしれない」

「そんなふうに言われたの、初めてです」

西根には本当に初めてしてもらうことが多い。

「ジーン」

西根は愛情に満ちた声でジーンを呼ぶと、首筋に唇を辿《たど》らせる。

跡がつくほど吸い上げられて、ジーンは微かに喘いだ。

つるりとした顎が胸板に触れる。あのざらついた感触が妙に恋しくて、ジーンは物足りない気分だった。髭で肌を刺激されて得られる感覚にすっかり慣らされ、快感を覚えるようになってしまったのかもしれない。ひどく無節操な気がして、ジーンは考えるだけで赤面してきた。

「どうした？」

上気した頬を撫でられ、ジーンは慌ててかぶりを振った。

西根の気を逸らすように、首を伸ばして自分から唇を合わせる。

触れるだけのつもりでジーンからしかけたキスは、すぐに深く濃厚なものになる。西根は容赦なくジーンの口腔内を蹂躙《じゅうりん》し、淫《みだ》らな行為を教え込んだ。

「んっ……う」

口の中を舌で掻き回され、口角から唾液《だえき》の筋がこぼれ落ち、顎まで濡らす。

キスの合間にも指を遊ばせておくことはせず、乳首や脇などの感じやすい箇所を愛撫《あいぶ》する。

ジーンは顎を震わせ、唇の隙間からくぐもった声をひっきりなしに洩らした。

弄《いじ》られているうちに乳首は硬く尖って突き出してきた。そうなると、軽く指先を掠《かす》められただけでも、そこから全身に電流を流されるような刺激が生じる。

「あ…あっ……あ」

濡れそぼったままの唇を離されたとき、ジーンはたまらず呻《うめ》いた。

「触らないで、もう！」

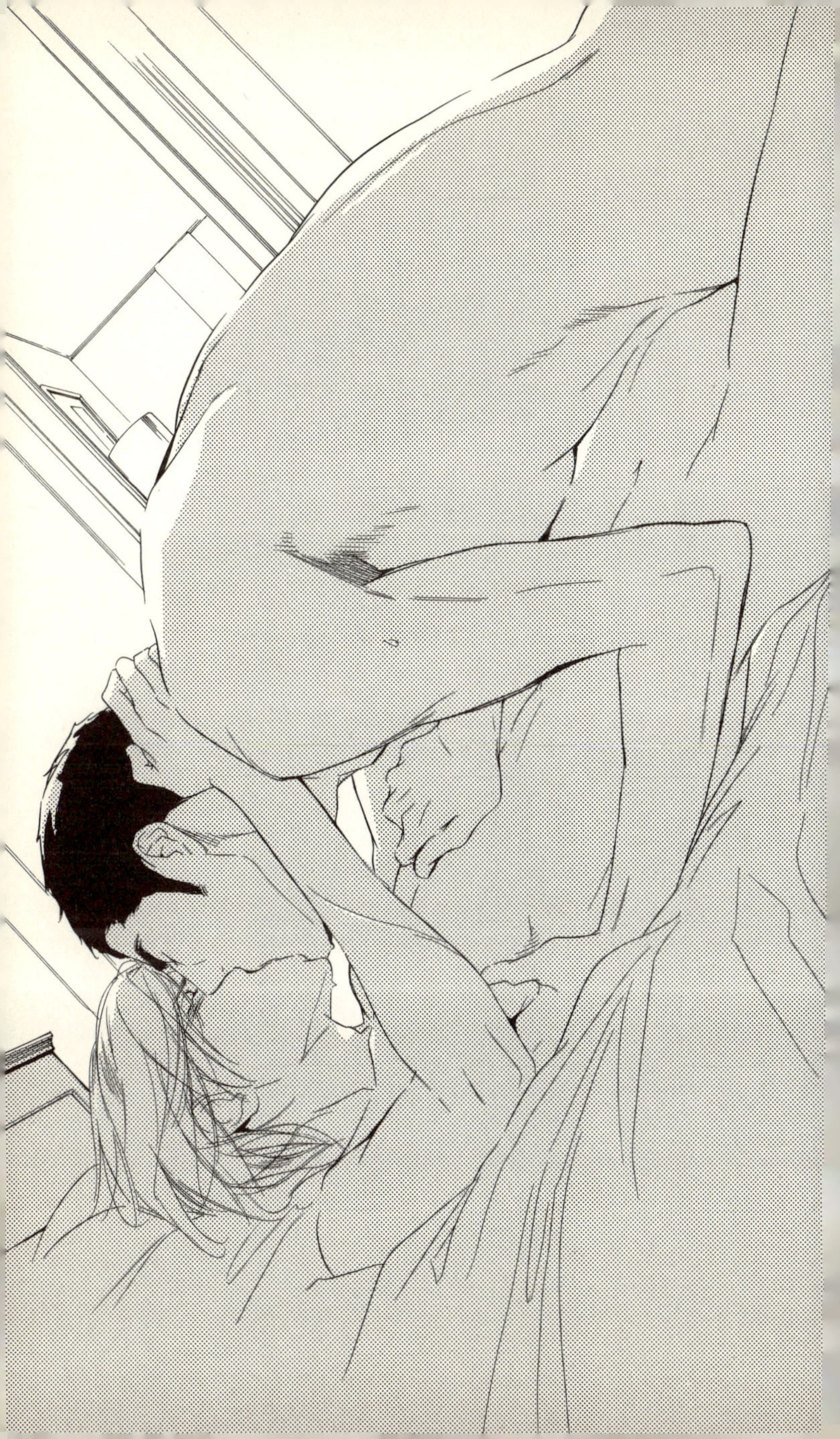

あまり嬲《なぶ》られすぎると、感じすぎておかしくなりそうだ。

切羽詰まったジーンの懇願に、西根は「泣かれると迷うな」と悩ましげな目つきをする。

「苛《いじ》めているつもりは毛頭ないんだが」

西根はそっと左の乳首を唇で挟み、次に舌を優しく絡ませた。

続いて、舌先で軽く弾《はじ》かれる。

「……ああ、あっ」

ジーンは顎を大きく仰《の》け反《ぞ》らせ、一瞬上体をシーツから浮かした。手の指先から足の爪先《つまさき》までピンと張りつめ、緊張する。

こういう丹念な愛撫には弱かった。

西根の手にかかると、ジーンは前戯《ぜんぎ》だけで感じさせられて一度堕《お》とされる。そしてさらに、体を繋いでもう一度、というパターンになりがちで、なかなかハードな目に遭《あ》わされるのだ。もっと西根を甘く見ていたジーンは、手玉に取るどころか翻弄《ほんろう》されっぱなしになっていることに、悔しさ半分、驚き半分といった心境だ。

やられてばかりなのは信条に合わなくて、ジーンは西根が胸から顔を上げ、唇に優しいキスをして宥《なだ》めてくれたのを機に、今度は自分の番だと体勢を入れ替えた。

「食べるつもりか?」

「もちろん、食べますよ」

西根はちょっと困惑したような笑みを浮かべつつも、枕に頭を預けて仰向《あおむ》けになり、足の間を緩く開いた。

「お手柔らかに」

ジーンが西根の股間に頭を伏せると、西根は長い指でそっとジーンの髪を梳き上げたり地肌を擽ったりしてくる。

西根の中心は隆々といきり立っていた。

口に含むと、すでに馴染《なじ》んだ西根の熱と匂いが感じられる。ジーンはそれだけで官能を刺激され、胸が高鳴った。

西根の全部が愛《いと》しいと感じられてくる。

喉の奥まで使って、思う存分堪能した。

「ジーン。……ジーン」

悦楽をやり過ごすとき、西根は色気の滲《にじ》む声でジーンを呼ぶ。そうするとジーンはさらに熱を入れて西根に唇と舌を使った。

うっ、うっ、と西根が小刻みな息を吐き始める。

ジーンの頭を撫でていた指にも力が入り、ときおり痛いくらいに頭を摑まれる。そのたび、はっとしたようにすぐ緩めるのだが、無意識のうちについそうしてしまうほど余裕がなくなってきているようだった。

一度でいいから西根を先に降参させたくて、ジーンは顎が怠《だる》くなってきても口淫《こういん》をやめなかった。

口の中に受け止めてもいい。

西根のものならば、飲んでも構わない。

ジーンはほとんど熱に浮かされたような心地《ここち》になっていた。

西根の胸と腹が大きく上下して、息が荒くなる。

「……ジーン。……放せ」

もうだめだ、というように西根が大きく首を振る。

それでもジーンは口を放さなかった。

「ジーン！」

とうとう根負けしたらしく、西根は低い唸《うな》り声を発して腰を弾《はず》ませた。

ジーンの喉に生々しく温かな精液が迸《ほとばし》り、口の中に苦い味が広がっていく。躊躇《ためら》わず、ジーンはそれを嚥下した。いっきに飲み込んだので、軽く噎《む》せる。

「おい、飲んだのか」

まだ息を整えきれぬままでいた西根が、ぎょっとした様子で起き上がり、ジーンの体を抱き寄せる。西根はジーンを腕に抱いたままヘッドボードに凭れ、しょうがないな、とばかりに頭を掻いた。

「放せって言っただろうが」

「わたしは食べると断ったでしょう」

「おまえなぁ」

愛しくてたまらなさそうに唸り、西根はぎゅっとジーンを抱く腕に力を入れた。

「……そうしたかったんです」

ジーンが西根の胸板に頬を擦り寄せて言うと、西根は「ああ」と感極まったような声で答える。

「無茶するおまえに俺は翻弄されっぱなしだ。悔しいが敵わないな」

「わたしだって、同じ気持ちですよ」

西根に深い愛情を注いでもらっていることがまざまざとわかるから、ジーンもそれと同等に返したくて焦るのだ。

胸に抱かれて髪を撫でられていると、幸福に酔ってしまいそうだった。

西根の胸からは、やはり仄《ほの》かな花の香りがする。西根にそう言うと、西根は「そうか?」と意外そうにした。

「きっと毎日花を扱うから、移り香がするのかな。しかし、今までそんなこと誰からも言われたことがなかったから気がつかなかったな」

「それ、あなたにはニューヨークに来てから恋人がいなかったということと同意ですか？」

「う……、まぁ、そういうことになるんだろうな……」

西根は素直に認めるのも複雑らしく、少々曖昧《あいまい》にぼかした返事をする。しかし、どうやらジーンの言った通りなのは確かのようで、「まいったな」という呟きがジーンを満悦させた。

「よかった」

「何が？」

気を取り直した西根が聞く。

「わたしは嫉妬《しっと》深いんです。だから、あなたの過去にもし恋人がいて、しかもそれがこの同じニューヨークにいるのだとしたら、きっと心が平穏でいられなくなったんだろうな、と思って」

「ジーン」

よく言うよ、と西根もさすがに呆れ気味だった。

「そんなふうに言うと、俺も都筑に嫉妬するぞ？　いや、都筑だけじゃない、あのマイケルなんとかいうカメラマンにもだ」

「あなたはボスには妬《や》いたりしませんよ」

ジーンはぬけぬけと決めつけた。

「ボスは今、あなたの大切な基さんに夢中で、彼以外目に入らないみたいなんですから」

「それはそうかもしれないが」

「マイケルのことは、忘れてください。わたしだって長いこと思い出しもしなかったんですから。嘘じゃありませんよ」

うーん、と西根は唸った。

ジーンの言うことを信じないわけではないのだろうが、なんとなく適当にあしらわれ、ごまかされた気がするらしい。

不必要な誤解は避けるべきだと考え直し、ジーンは真面目な顔で付け足した。

「本当に、あのカメラマンと付き合っていた過去は、わたし自身なかったことにしたいと思っているくらいなので、どうか気にしないでくれませんか」

「そうか。わかった、ジーン」

今度は西根もちゃんと納得したようだ。

話が一段落すると、ジーンは西根の下腹を探り、果てたばかりで柔らかく縮んでいるものを握り込んだ。

「そろそろまた元気になってきませんか？」

初めは柔らかかったが、ゆるゆると揉みしだくうちに硬くなってくる。

西根はときどき息を詰め、眉根を寄せる以外、黙ってジーンのするに任せていた。

「恭平さん……ほら、勃ってきた」

「今度はどこに欲しいんだ、ジーン？」

ジーンは官能に満ちた熱っぽい吐息をつき、自然と潤んできた瞳を西根に向けた。

「舐めてやるから、欲しいところを俺に見せろよ」

西根が少し横暴な口調になると、ジーンは止めようもなく高ぶっていく。優しくされるより、少しくらい強引にされる方が燃えるのだ。体の芯がぞくぞくと痺れ、頭もぼうっとなってくる。責める言葉に脳が酩酊《めいてい》するようだ。

命じられるままジーンはシーツに横たわり、膝を抱えて足を開いた。

西根の指が、繊細に畳み込まれた襞を左右に引き分け、隙間を作る。

そこに顔を近づけられ、ふうっと熱い息を吹きかけられた途端、ジーンはきつく目を瞑《つぶ》っていた。

すぐに濡れた舌が差し込まれてくる。

堪えきれない淫靡な感触に、思わず腰が跳ねる。

西根は丹念にジーンの秘部を湿らせ、指を入れて慣れさせた。

このところ毎日のように西根に抱かれている体は、容易く解れる。太くて硬いもので貫かれ、擦り立てられて得られる悦楽を覚えていて、期待に震え、あっというまにとろけてしまった。

「ジーン」

西根が位置を定めて覆い被さってくる。

ジーンは濡れた瞳で西根を見上げ、逞《たくま》しい首に両腕を回して縋《すが》りついた。

ぐっ、と強い力で出入り口の襞を圧迫される。

外側から猛った陰茎に押し開かれ、狭い筒に圧倒的な大きさのものが侵入してきた。

「ああ、あっ、あ、あああ！」

擦って刺激されながら容赦なく抉られる感触に、ジーンは堪えきれず嬌声《きょうせい》の混じった悲鳴を上げた。

「ああ、ジーン」

できるだけ息を詰めないように努力して、西根を最奥まで受け入れる。

最高だ、と西根が感に堪えぬ声で言う。

「動いても平気か？」

「ええ」

一刻も早く西根の与える快感に浸りたくて、ジーンは夢中で頷いた。

抽挿《ちゅうそう》が始まる。

最初はゆっくり。徐々に勢いを増していく。

「ああぁ、あ、あ、あっ」

西根に、腰を中心に全身を揺さぶられながら、ジーンは歓喜に泣き喘いだ。

西根とひとつになった実感を覚える。これ以上の幸せはないと本気で思えた。

「好き……恭平さん」

譫言《うわごと》のような声が零れ出た。

出してしまってから、はっとしたが、西根が嬉しくてたまらなさそうに「ジーン!」と叫んで抱き竦めてきたので、もういいか、と開き直るしかなかった。

奥深くまで入り込んだ西根を感じる。

壮絶な悦楽に身も心も翻弄され、次第に何がなんだかわからなくなってくる。

西根がいくとき、ずっと腹の間で擦られ、刺激を受け続けていたジーンのものも、一緒に弾けた。

深い到達感に浸される。

「ジーン」

西根が荒々しくジーンの唇を塞いできた。

ジーンも夢中で応《こた》える。

長くて濃密なキスの音が、静かなホテルの室内にしばらく続いていた。


シャワーを浴びた後、心地よく疲れた体にバスローブを羽織《はお》って部屋に戻ると、西根は腰にバスタオルを巻いた姿のまま、窓際に置かれた安楽椅子に座っていた。

西根も満ち足りた気怠さに身を任せているようで、アームに肘《ひじ》を突き、手の甲で軽く顎を支え、カーテンの隙間から夜の景色を眺めている。ジーンが浴室から出てきても、傍に近づいていくまで気づかなかったらしい。

「恭平さん」

声をかけると、やっと気がついてジーンの方に顔を向けた。

「疲れましたか?」

「ああ。さんざん搾り取られたからな」

おいで、と言うように西根に両腕を伸ばされる。

ジーンは躊躇わず、西根の腕に身を預け、椅子の上に左膝だけ乗り上げた。右足は床に着けたまま、体を斜《なな》めに倒して西根の肩に両手をかける。西根は両腕をジーンの胴に回した。

「本当に猫みたいだな、おまえ」

「性悪ですか?」

「んー、どうかな。悪いことは悪いんだろうが、おまえの場合は人を魅惑する悪さだからなぁ」

「しませんよ、そんなこと」

いったん否定しておき、ジーンは蠱惑的《こわくてき》な笑みを浮かべてみせた。

「誰にでもするわけじゃない。あなたにだけです」

「本気で言ったのか?」

「もちろん」

フッと西根は目を細め、唇の端を横に引き延ばす。

「やっぱり性悪だよ、おまえ。これ以上俺を夢中にさせてどうするつもりだ」

「風邪《かぜ》ひきますよ」

照れ隠しにジーンは話題をさっと変え、裸のままの西根の胸にさらに上体を近寄せた。

「ジーン」

西根もジーンの背中に手をずらし、しっかりと抱いてくる。

「こういうふうに寝た後もずっとべたべたしながら一緒にいる関係って、昔は鬱陶《うっとう》しいだけかと

思って敬遠していました」

「今は悪くもないと思っている?」

「ええ。いいものだなぁと思っています」

「じゃあ俺も安心だ。俺はおまえとこうして過ごす時間が好きだから」

「わたしはキスも好きになりました」

ジーンはにっこり微笑み、誘うような目で西根をじっと見る。

「……目、閉じろよ、ジーン」

背を起こして顔を近づけてきた西根が囁《ささや》く声で促す。

「いやです。あなたの顔が見ていたい」

「ったく! この姫が!」

西根は悪態《あくたい》をつきつつも、結局は逆らえないというように悔しそうな笑みを洩らし、そのままジーンの唇を奪った。

風呂上がりのキスはペパーミントの味がする。

唇を合わせると、ジーンは瞼《まぶた》を閉じた。西根に逆らったとおり、最初はずっと開けているつもりだったのだが、自然と閉じてしまったのだ。

互いに舌を吸い合い、唇の粘膜を接合させてディープなキスに酔いしれた。

このときもジーンは何も生えていない綺麗な顎に物足りなさを覚えた。

「ねぇ、恭平さん」

唇を離したとき、ジーンは軽く息を弾ませながら言う。

「やっぱり、無精髭があってもいいかもしれません」

「はぁ?」

あまりにも唐突だったせいか、西根は面食らった顔をする。

「きっと恭平さんは多少むさ苦しいくらいの方がしっくりくる気がします」

「むさ苦しくて悪かったな!」

「あっ」

もう一度乱暴に唇を塞がれた。噛《か》みつくようなキスに、ジーンは小さく悲鳴を上げる。

「なんだっていいさ、ジーン」

抵抗できないように顎をがっちりと押さえられ、小刻みなキスを繰り返す合間に西根はきっぱりと言う。

「どうしたって俺はおまえに惚れてるんだから、好きなことを言えばいい。俺にできることならなんでもしてやる」

この言葉はジーンの胸を強く打った。

ここまで誰かに激しく求められたことなど、かつてない。

幸せな気持ちが腹の底から湧《わ》いてくる。

あと少し感情的になっていたなら、きっと泣いていただろう。

「恭平さん」

ジーンは衝動のままにバスローブの紐《ひも》を右手で解くと、合わせを開き、乾いたばかりの白い肌を西根の頑丈な胸板に押しつけた。

「ジーン」

肌と肌が密着し、互いの熱が行き来する。

「ジーン、また誘惑する気か?」

「あなたが悪いんです」

ジーンは即座に言い返し、西根の首にキスをした。

西根の手が、バスローブの裾《すそ》を捲《めく》り、裸の尻を撫で回す。

「……んっ、……あ」

それだけで感じて、ジーンは喘いだ。

「なぁジーン、気が早すぎるかもしれないが、いっそのこと同棲《どうせい》しようか?」

「えっ?」

尻の奥にまで忍び込んできた指にビクビクと太股や腰を揺らしつつ、ジーンは思いがけない提案に目を瞠った。

「嘘。本気じゃ……あっ……あ、……ないんでしょう？」

「俺は十分本気だが」

「でも」

確かに展開が急すぎる。

ジーンは与えられる快感のせいもあり、頭がちゃんと働かなかった。

「嫌か？」

その質問にはふるりと首を振る。嫌とは思わない。どちらかと言えば、自分みたいにわがままな人間と一緒に住んで、西根は大丈夫なのだろうかと、そちらの心配をしていた。

「だめです」

思考が纏《まと》まらない。

ジーンは西根の膝に腰を落とすと、胸板に凭れて喘ぎながら答えた。

「ひとつずつ解決しませんか」

「ひとつずつ？」

「まずは、あなたのこれ」

これ、と言ってジーンは西根の股間を触った。

「それから、腹の虫」

次にジーンは自分の腹を撫でてみせ、西根の意向を確かめるように火照った顔を上げた。

「いい考えだ」

西根が大きく頷いて賛成する。

ジーンはその場でバスローブを肩から剥ぎ落とされ、抵抗する間もなく西根に横抱きに抱え上げられてしまった。

暴れると落とすぞ、と警告されて、思わず西根の首にしがみつく。

西根は確固たる足取りでジーンをベッドまで運んでいった。

二人が再びベッドに戻ってくるのを、サイドチェストの上に置かれたままの白い花束が、初々しく迎えてくれているようだ。

ジーンはあらためて幸せの予感を噛み締め、西根の腕の中でそっと目を閉じた。

Fin

チャイニーズ・レストランの夜

フラワーアーティストとして西根《にしね》も出品していた合同アート展が、二週間の日程を無事に終了した。

異なる分野で活躍する五人のアーティストたちが、それぞれの世界観を披露《ひろう》しながら調和を生み出すというコンセプトで行われたこの展示会は、メディアがこぞって話題に取り上げたこともあり、各方面から注目されて期間中かなりの来場者に恵まれたらしい。まずは成功を収めたと受け止めていいだろう。

ジーンは結局、初日に顔を出しただけになった。後半にもう一度訪れて西根をびっくりさせようと思っていたのだが、ちょうどそのあたりから仕事が忙しくなり、残業続きで時間の都合がつけられなかったのである。

気になってはいたが事情が事情なだけに仕方がない。

もちろん西根も、ジーンに一言も無理を言わなかった。それどころか、連日連夜の残業で疲れているのではないかと心配されたくらいだ。

西根は優しい。優しくて懐《ふところ》が深い。

付き合って、西根を知れば知るほど、ジーンは惹《ひ》かれていく。

まだ、同棲《どうせい》しようと提案されたことに対するはっきりとした返事はしていないが、そう遠くないうちに首を縦《たて》に振るだろうと予感している。

何はともあれ、展示会も成功したことだから、西根を労《ねぎら》ってやりたい。ジーンはそう考え、初めて自分から西根を食事に誘うことにした。

これまでは、デートの誘いは常に西根の方からされていて、ジーンはずっと受け身だった。たまには逆もあっていいだろう。

ミッドタウン・イーストの、クライスラー・ビルの近くにあるチャイニーズ・レストランに予約を入れた。西根はジーンからの呼び出しに、喜ぶのと同時に初めはたいそう驚いていた。「どういう風の吹き回し？」と聞かれ、ジーンは照れくさくなり、展示会の成功を祝って、などとはとても言えず、「べつに」とそっけなくかわしてしまった。要領の悪さは相変わらずだ。

週末の夜、オフィスを出たジーンは待ち合わせ場所のカフェで西根と会った。

三日ぶりに顔を見た西根は、悔しいくらいの男前ぶりで、目を合わせた途端にジーンをどきりとさせた。特に普段とどこかが違っているわけではなかった。顎《あご》の無精髭《ぶしょうひげ》はまた剃《そ》っていないし、ノーネクタイにジャケットという格好も、いつものデートの時より少しだけ気を遣ったかなという程度だ。それでもジーンの目に映る西根は、その場にいる他の誰より魅力的に見えた。

「どうした、ぼうっとして？」

西根が訝《いぶか》しそうにする。

「もしかして疲れているのか？」

重ねて問われ、ジーンは慌《あわ》てて気を取り直した。

「いいえ。なんでもありませんよ」

まさか西根に見惚《みと》れていたとは言えない。

「出ましょう」

ジーンはテーブルには着かず、西根を促《うなが》してそのままカフェを出た。今日の段取りはジーンに委《ゆだ》ねるつもりらしい西根は、何も聞かずについてくる。たまにはこういう展開も新鮮でいいと思っているようだ。

あらかじめ今日は飲もうと言っておいたので、西根は車を置いてきていた。

肩を並べて通りをぶらぶらした足取りで歩く。目的のレストランは2ブロック先だ。

「中華、好きですか？」

西根はあまり好き嫌いがないようなので心配はしていなかったが、念のため聞いてみる。

「好きだな」

すぐに西根は答え、にこりとした。

「そういえば、おまえと中華を食べに行くのはこれが初めてだ。うっかりしていたな」

「ああ、そうでしたか？　わたしはそんなことには気がつきませんでした」

ジーンは弁解がましく言う。まだ行ったことのない店がいいと思って選んだのは事実だが、そんなふうにいろいろ考えてセッティングしたと思われるのは、なんとなく恥ずかしかった。まるで自分が西根にとことん参っているのを認めるようだ。実際のところは、おそらくその通りなのだが、ジーンはまだまだ往生際の悪さを払拭できずにいた。もっとも、これでもジーンとしては、以前よりかなり素直になった方だ。

レストランは44丁目にある。

何を食べても美味《おい》しいと評判の店で、店構えも立派だった。

二人が近づいていくと、出入り口の両開きの扉がフロアスタッフと思しき黒服の手で開けられた。「いらっしゃいませ」と丁重に出迎えられる。

ジーンはちらりと西根を振り返り、ここでいいですか、と目で聞いた。

もちろん、と西根が緊張した様子もなく感じのいい笑顔で応《こた》える。

ジーンが感心するのは、西根は本当に肩に力が入らないことだ。いつでも、どこでも自然体でいられる。決して卑屈《ひくつ》にならず、もちろん居丈高《いたけだか》にもならず、本来の自分というものをしっかり維持している。見栄っ張りだと自覚しているジーンには、西根のそのひとつ突き抜けたような潔《いさぎよ》さがひたすら羨《うらや》ましくて、できることなら見習いたかった。

「予約したローレンスです」

「ようこそ。お待ちしておりました。こちらへどうぞ」

広々としたフロアに案内される。

フロア担当者の背中について歩いていたジーンは、何の気なしに周囲に視線を巡らせた。主にどんな人たちがテーブルに着いているのかと、深い意味もなく見渡しただけだ。

その視線が、とんでもない顔とぶつかり、ジーンはあまりの偶然にぎょっとして、危《あや》うくその場に立ちつくしてしまうところだった。

「基《もとい》！」

背後にいた西根も気づいたらしい。奇遇に驚いた声を上げる。

「恭平《きょうへい》さん」

晴れやかな顔をした基が腰を浮かしかける。

基の左横に座っているのは、もちろん都筑《つづき》だ。かなり大きめの円卓なので、対面に座ると距離がありすぎて、恋人同士には寂《さび》しいものがある。だから横に座っているのだろう。そんなちょっとしたことからも、二人の仲の良さを感じさせられる。

都筑もこちらを振り向いた。ジーンと西根を捉《とら》え、つっと眉《まゆ》を上げる。

「すみませんが、ちょっと待ってもらえますか」

ジーンが口を開くより先に、西根は先へと進みかけたフロア担当者に声をかけた。そして、ジーンの肩をぽんと叩くと、ジーンにも「挨拶《あいさつ》だけしてくる」と断って、都筑と基のいるテーブルに近づいていく。

なすすべもなくジーンは西根を見送った。

自分まであそこに行くのは躊躇《ためら》われた。

基には一度きちんと謝罪しなくては、という気持ちはあるのだが、今ここでいきなり出会《でくわ》してしまうと、決意が鈍《にぶ》る。あまりにも心構えができていなかった。

西根はまっすぐに基のそばに行くと、「よう」と基に声をかけ、続いて都筑にも「先日はわざわざありがとう」と気安く話しかけていた。

「おまえたちも食事か?」

「ああ」

都筑と西根がほぼ同時にジーンの方を見る。

基も遠慮がちに顔を向け、ジーンと目が合うと、いかにも躾《しつけ》の行き届いたお坊ちゃんらしく、丁寧にお辞儀《じぎ》をしてきた。ホテルマンという職業柄、礼儀正しいのは当然といえば当然かもしれないが、なぜか基には、それとはまたべつの、生まれながらに備わっているとしか思えない品のよさ、育ちのよさが感じられる。都筑が庇護《ひご》欲を掻《か》き立てられて、可愛《かわい》がりたくなる気持ちは、わからなくはなかった。

ジーンも、取りあえず、都筑に会釈《えしゃく》をした。基のことは無視した形になったが、基は気にしてむっとした素振りはいっさい見せず、後はおとなしくその場の動向を見守ることにしたようだ。

信頼に満ちた黒くて大きめの瞳で都筑と西根を交互に見やり、建前ではなく本当にここで会えて嬉しいといった顔つきをする。きちんとプレスされた薄いイエローのシャツが似合っていた。基が上品で綺麗な容貌《ようぼう》をしていることは否《いな》めない。

「ここに来て四人で食べるのも悪くないと思うが、どうだ？」

都筑の口から、ジーンが恐れていた展開が提案された。

西根は複雑そうに顔を顰《しか》める。

「ああ、俺は構わないが……」

語尾を濁《にご》して、ちらりとジーンの顔色を窺《うかが》ってくる。

「ジーン」

都筑がジーンに声をかけてきた。

こっちに来てみろ、と意志の強そうな目が求めている。

ジーンは逆らえず、ふっと諦《あきら》めの溜息《ためいき》をつき、三人揃《そろ》ったテーブルへと進んでいった。

成り行きを見ていたフロア担当者もついてくる。

早くも四人でひとつのテーブルを囲む雰囲気になってきたようだ。

どんな顔をすればいいのか迷いつつ渋々と三人の傍《そば》に行ったジーンに、まず、基がごく自然に席を立ち、挨拶した。

「お久しぶりです、ローレンスさん。いつぞやは大変失礼しました。本当に申し訳ありませんでした」

決して嫌みなどではない真面目な様子で基は深々とジーンに頭を下げる。さらさらした、指通りのよさそうな黒髪が揺れ、頭を上げた際に軽く白い頬《ほお》にかかる。基はそれを細い指でサイドに流し、なれなれしさを感じさせないくらいの笑みをジーンに向けた。

なぜこの歳になっても、まだこうも純粋無垢《むく》な印象を保っていられるのだろう。ジーンには本気で訝しかった。やはり性格なのだろうか、と納得のいかない心地《ここち》で考える。

基が椅子《いす》に座り直したところで、今度は西根が口を開く。

「ジーン、都筑が四人で一緒に食事をどうかと言ってくれているんだが、どうする？」

どうすると聞かれても。ジーンは困惑する。

つい一時間ほど前、オフィスで別れたばかりの都筑が、ネクタイだけ替えた格好で目の前にいる。しかも、恋人連れで。よりにもよって、自分が初めてセッティングした場での突然の成り行きに、ジーンは言葉も出ない心地だった。なんだか、誰かに意地悪をされている気がする。今日はそんなについていない一日でもないと思っていたが、ここにきてフェイントを食らったようだ。

「俺たちと一緒だと嫌か、ジーン？」

「あの、もしご迷惑でなかったら、ぜひ」

都筑の後から基まで言葉を添える。

三人から迫られている上、フロア担当者は今にもジーンのために椅子を引いてくれようと身構えた素振りをしている。

ジーンはもう一度、今度は深々と溜息をついた。

感情を隠したそっけない声で「はい」と答える。

「お邪魔でないのでしたら、喜んでご一緒させていただきます」

「それじゃあ、そうさせてもらおうか」

西根の一言が最終的な決め手になった。

中央に回転テーブルを載せた円卓を、あらためて四人で囲む。西根が都筑の隣に座ったので、必然的にジーンの隣は基になる。やりにくい、とは思ったが、ジーンは表面上は何も感じていない振りをした。

どうやら都筑たちもつい先ほど店に入ったばかりのようだ。

「まだ何もオーダーしていない」

「そっか。それは好都合だったな」

一時は相当険悪な関係らしかったにもかかわらず、都筑と西根はいまや旧来の友人同士のように会話する。互いに一目置き合っているらしいことも、態度の端々《はしばし》に出ていた。まさに、雨降って地固まるの境地だったらしい。

「あの、ローレンスさん」

あれこれとオーダーするものを話し合っている都筑と西根をよそに、基がメニューから顔を上げてジーンに声をかけてきた。

「ジーンで結構です、基さん」

いちいちしゃちほこばって呼ばれるのも落ち着かないので、ジーンは基にそう言った。

「あ、はい。ありがとうございます」

基が照れたようにうっすら目元を染める。それを見てジーンは、都筑が以前写真立てに飾っていた、桜の樹を背景にした写真を思い出した。基はなんとなくあの花のイメージだ。

そっと西根を窺う。

西根は基をどんな花で表現するのだろうか、もしかすると自分が受けた印象と同じだろうか、と思ったのだ。

都筑と並んであれこれ渡り合っていても、西根はまるで遜色《そんしょく》がなかった。堂々としていて押し出しが強く、まさしく対等、という印象である。

「恭平さんとはよく会われているんですか?」

「え？」

しばらくの間、ついつい西根に意識を集中させていたジーンは、おもむろに隣から基にまた話しかけられて動揺した。基はジーンにだけ聞こえるくらいの小声だったので、一瞬、声が聞こえたのは気のせいかとも思った。

じろりと基を見る。

基は穏やかに澄んだ瞳をしている。本当に真っ黒だ。黒曜石《こくようせき》を思い出す。長く見つめ返していると、邪気だらけの自分の心を暴かれかねない不安が生じた。

「優しくて頼りになるいい人ですよね。僕も昔から、とても可愛がってもらっていました」

軽く首を倒して基が続ける。まだ今日会ったのが二度目の、しかも年上のジーンに、こんなふうに馴《な》れ馴《な》れしくしてもいいのだろうかと迷う気持ちが基にも少しはあるようだ。

「……面倒見のいい人なのは確かですね。それに辛抱強いのも。でも、ある意味悪趣味だな」

「悪趣味、ですか……？」

思いもかけぬことだったらしく、基は当惑した顔つきになる。

ジーンはフイと基から顔を背けた。

西根は間違いなく悪趣味だ。なにしろジーンのような男を恋人に選ぶくらいだ。望めば他にもっといい女や男が手に入っただろうに、なにゆえ自分なのか、ジーンには不思議でならない。ジーンには、自分が西根を幸せにしてやれている自信が、ほとんどなかった。

心の中では、早く基に謝らなければ、と焦《あせ》る気持ちもあった。

謝るべきなのはジーンの方なのに、基から先に謝られ、ほとほと立場のない状況だ。西根も都筑もさぞかし呆《あき》れていることだろう。

今謝らなければ、この先いつまたこんな機会が巡《めぐ》ってくるかわからない。そうそういつも四人で食事をすることなどないだろう。偶然でもなければ、今日もあり得ないはずのことだったのだ。

「——と、こんな感じでいいか?」

西根の声にジーンははっと我に返った。

「え、ええ……わたしは、なんでも」

まるで聞いていなかったのだが、ジーンは西根に頷《うなず》いてみせた。

「酒は紹興酒《しょうこうしゅ》だな。ジーン、好きだろう?」

都筑からも屈託《くったく》のない調子で、ごく普通に聞かれた。

「はい」

「基は相変わらずアルコールには耐性がないんだろう? 杏露酒《シンルチュウ》でもべつにもらった方がよくないか?」

「最近は僕も少しは飲めるようになったんですよ、恭平さん。皆さんと一緒で大丈夫です。少しずつ舐《な》めていますから」

「へぇ……もしかすると、あんたが鍛《きた》えたのか、都筑？」

「俺が結構飲む方だからな。少しずつ付き合ってくれているうちに、まぁ、前よりは飲めなくもなくなったという感じだ」

「なるほどね」

三人の会話は淀《よど》みがなくて楽しげだ。

ジーンは少し疎外感《そがいかん》を覚えた。皆、何くれとなくジーンに気を遣って話しかけてはくれるのだが、ジーン自身が今ひとつ壁を作っていて、すんなり打ち解けていかないものだから、どうしてもぎくしゃくとしてしまう。

陶器の瓶《びん》に入った酒がきて、まずは乾杯をした。

「そう言えば、展示会、ずいぶん盛況だったらしいじゃないか。おめでとう」

「いや、ありがとう。みんなが来てくれたおかげだ。基も、二回も来てくれて本当にありがとうな。嬉しかったよ」

「二回目は同僚のマイケルが興味を持ったので、連れていったんです」

基は西根にあらためて礼を言われて恥ずかしそうにする。

「でも、恭平さんが一番嬉しかったのは、絶対にジーンさんが来たときでしょう？」

いきなり自分のことに話を持ってこられ、ジーンはぎょっとなり、口に含んだばかりだった紹興酒を気管に入れてしまった。

ぐふっ、と噎《む》せたジーンに、西根が驚く。

「おい、ジーン！　大丈夫か」

「あ、ごめんなさい」

基も自分のせいなのかと恐縮していた。

「平気です。……大丈夫ですから」

人目が気になったので、ジーンは西根が肩にかけてきていた手を払いのけ、なんとか咳《せ》き込んで気管に入った酒を出すと、膝《ひざ》に広げたナプキンで口元を拭った。

「ごめんなさい、ジーンさん」

基が申し訳なさそうに青ざめた顔つきをして謝る。

ジーンはいつものごとく冷淡に返事をしようと口を開きかけた。

そこに、一拍早く向かいにいる都筑が、思いもかけぬ一言を差し挟む。

「ジーン。わからないかもしれないが、基はさっきから少し緊張しているんだ。悪く思わないでやってくれ」

「えっ？」

まさかそんなこととは夢にも思わず、ジーンはまじまじと基の顔を見た。

「……はい。少しだけ」

基がごくごく小さな声で躊躇いがちに返事をする。

まったく気がつかなかった。だが、言われてみれば、細い指が微《かす》かに震えている。ジーンはたちまちばつの悪い心地になった。

もしかすると、前にジーンが意地悪をしたから、怖がられているのだろうか。

しかし、それならなぜ一緒に食事をすることに賛成したのか、不思議だ。ジーンがまだ基を理解しきっていないせいもあるだろうが、戸惑ってしまう。

「ジーン」

西根に声をかけられたので反対側に顔を向ける。

西根は、何か基に言うべきことがあるだろう、という目でじっとジーンを見つめてくる。非難するのではなく、励まして勇気づけるような視線だ。西根はちゃんとジーンの気質を理解している。ジーンがなかなか言い出せずに迷っていることを、わかっているのだ。

どうしよう。

ジーンは激しく逡巡《しゅんじゅん》した。

謝らないといけないことは、頭では承知している。だが、今ここで、となると、どうにも言葉がなめらかに出てこない。

「ちょっと、レストルームに行ってきます」

頭が混乱してきたジーンは、少しでも時間を稼《かせ》いで冷静になろうと考え、逃げるように席を外した。

「ジーン！」

西根が後を追って椅子を立ちかけたが、都筑から「西根」と止められて考え直したらしく、しばらくジーンをひとりにさせておくことにしたようだ。

ジーンは紳士用化粧室に入ると、洗面台の前に立った。

鏡に映っているのは、わがままで少しもかわいげのない男の顔だ。少し青ざめていて、今ひとつ生気が感じられない。

「……簡単なことなのに」

なぜ思っている通りに素直にできないのか。

ジーンはほとほと自分に嫌気が差してくる。

年下の基の方が、ジーンなどよりよほど大人だ。人間ができている。

落ち込み始めると際限なくジーンは憂鬱になった。

今夜はもっと違ったふうに過ごすはずだったのだが、たまたま予約をしていたレストランで都筑たちと鉢合わせしてしまってから、何もかもが計画していた方向からずれてきた。今夜は西根と二人きりで祝いたいと思っていた最初の気持ちを優先させて、一緒に食事をと提案されたときに断ればよかったのだ。西根はあくまでもジーンの意向を尊重する気でいた。だからわざわざジーンにどうするか聞いてくれたのに、またしてもそこでジーンがつまらない意地を張ったのが悪かった。

西根の手前、もう都筑や基と一緒でも、自分は動揺しない、気にしない、いつも通りに平静に振る舞えるのだ、ということを示したかった。そして、都筑と基にも、同じように感じさせたかったのだ。実際のところ、ジーンは今、西根の存在があるおかげで、ひと頃に比べればずいぶん精神的に安定している。

だが、やはりまだ完璧に心の整理をつけられたわけではなかったらしい。特に、基と顔を合わせるとジーンの心は複雑に揺れ動く。頭の中で考えているだけのときとは勝手が違った。

基とはこれがようやく二度目の対面だ。もう前回のときのような悪意は持ち合わせていないと誓えるが、あまりにも自分と違いすぎていて、虚を衝《つ》かれることが多い。ジーンは内心おおいに戸惑っていた。本来のペースを取り戻せない。どうすればいいのかわからなくなる。

緊張している、と都筑から聞かされて、本気で驚いた。

あんなに物怖《ものお》じせずにいろいろと話しかけてきておいて、実は緊張していたとは、たぶん誰も思わないだろう。都筑はよくわかるものだ、と感心する。

「謝らないと」

ジーンは水で手を洗いながら覚悟を決めた。覚悟などというといささか大袈裟《おおげさ》だが、ジーンの心境としては、まさしくそんな感じだ。

謝ってすっきりすれば、少しは気も楽になるだろう。

おそらくジーンは罪悪感と後悔で胸がいっぱいになっているのだ。だからあの場にいてもひとりだけ楽しめず、基に対する劣等感から自分を卑下してしまう。

せっかく基と仲直りするきっかけを得たのだ。

基のことは決して嫌いではない。前は好きではなかったのだが、今は嫌いではなかった。これから先も避けては通れない相手なだけに、このへんで関係をちゃんとしておきたいと思う。

ペーパータオルで濡れた手を拭い、僅《わず》かばかり乱れていた髪を指で撫《な》で梳《す》いて直す。

あまり長く席を空けていると、西根がまた心配するだろう。

洗面台を離れようと踵《きびす》を返しかけたとき、ガチャンとドアが鳴り、誰かが化粧室に入ってきた。

基だ。

またもやジーンは不意打ちに遭《あ》い、心臓をドキリとさせた。

「ジーンさん……！」

基は心配で心配でたまらなさそうに顔を歪《ゆが》ませていたのだが、ジーンの姿を見るなり、みるみる強張《こわば》らせていた表情を緩ませた。きちんとして立っているので安心したらしい。

「そんな泣きそうな顔してこなくても、わたしは大丈夫ですよ」

ジーンは精一杯心を落ち着かせ、基を見据えたまま静かに言った。

「ジーンさん」

基が遠慮がちな足取りでゆっくりと傍に来る。

「……あの、僕……」

小さな薄い唇から、感心するほど綺麗な英語が綴《つづ》られる。ジーンは今更ながら気づき、西根の言うとおり努力家なんだなと思った。

「僕はジーンさんを傷つけましたか？」

躊躇いを払いのけるように基は聞きにくいことを思い切って聞いてきた。

「どうしてそんなふうに思うんです」

さぞかし基は悩んだのだろうと思うと、ジーンの胸に切なくて愛《いと》しい気持ちがふつふつと湧《わ》いてくる。

目の前に立つ基はジーン以上に華奢《きゃしゃ》で繊細そうだった。

人を悪く思えない純粋な人だということも、都筑や西根の話から十分伝わってきていた。

ジーンは言葉を繋ぐ前に、大きくひとつ息を吸い込んだ。

その息を吐くとき、今まで胸に巣くっていた蟠《わだかま》りも一緒くたに外に出してしまえた気がする。

「基さん」

やっと基に優しく呼びかけることができた。

基が俯《うつむ》きがちにしていた顔をそっと上げる。

「わたしは傷つきなどしていません。そんな暇がないくらい、あなたも知っている態が、わたしを大事にしてくれています」

態、と言うときさすがに照れたが、基の顔がみるみる晴れやかになっていき、今度は安堵《あんど》で泣きそうになるのを見ると、まぁいいかとすっかり開き直る気になった。

「以前、基さんがオフィスにボスを訪ねていらしたとき、わたしはとても不躾で失礼で傲慢《ごうまん》な態度を取りました。傷つけたのは、むしろわたしの方です」

ひとたび言葉にし始めると、自分でもなぜ今までこんな簡単なことができなかったのかと不思議になるほど、迷いもなく話せた。

基は軽く瞳を見開き、聞いている。

「謝るのが遅くなって本当にすみませんでした。反省だけはしていたのですが、わたしはこんな性格なので、どうしても素直にお詫《わ》びできなかった。いろいろ悩ませて、傷つけて、悪かったです」

「ジーンさん、もう」

「すみませんでした」

最後にジーンは基に頭を下げた。

「ジーンさん」

基が慌ててジーンの腕を取る。

近づくと、基からも西根に感じるのと似た花の香りがした。

顔を見て、心から可愛いと思う。

「……僕はジーンさんのことが好きです。綺麗で理知的できびきびしていて、憧《あこが》れます。智将《ちしょう》さんも、きっと本当はこんな人が好きなのかな、と落ち込んだこともあるんです」

「まさか」

面と向かって綺麗だの理知的だのと褒《ほ》められるとどうにも照れくさく、ジーンは基の横をすり抜けるようにして歩き出した。

ドアの前で立ち止まる。

「何してるんですか。料理がなくなるから、テーブルに戻りますよ」

少々熱くなってきた頬を気にしながらジーンがぶっきらぼうに基を促すと、基もじわりと顔を赤くして、足早にジーンの元に来た。

ジーンはそれを待ち、ゆっくりドアを開く。

料理が運ばれてきたばかりと思《おぼ》しき円卓では、都筑と西根が半ば心配、半ば信頼していたような顔つきで、二人が戻るのを待っていてくれていた。

Ｆｉｎ

あとがき

皆様こんにちは。またBBNでお目にかかれて嬉しいです。

この作品は、『摩天楼シリーズ』という、前に二冊出していただいているシリーズものの番外編になります。番外ですので主人公が変わっており、今回は都筑さんの秘書である高飛車な美人、ジーン・ローレンス氏のお話です。

私は口が悪くてやたらと突っ張ってみせる人を書くのが大好きで、ジーンは個人的に大変楽しいキャラクターでした。西根との遠慮会釈のない会話のシーンなど特に喜々として執筆した気がします。『摩天楼』に出てくるメインカップルとは、ひと味もふた味も違った二人の恋愛模様、お楽しみいただければと思います。

本編の後に添えたショートでは、基さんもちらりと出てくるのですが、ジーンと並べてみるとあまりにも二人の性格が違っていて面白いです。ジーンがわがままな猫なら、基さんは由緒正しい血統書付きの愛玩犬かなぁと思います。まだ基さんと都筑のお話をご存じなくて、興味をお持ちになった方がいらっしゃいましたら、ぜひ『摩天楼』の方もよろしくお願いします。二冊目に当たる『摩天楼の恋人』で、ジーンと西根が初登場したこともありますので、併せてお読みいただけると嬉しいです。そのときのジーンと今回のジーンを比べていただくのもいいかもしれません。

イラストは引き続き円陣先生にお世話になりました。いつも本当にありがとうございます。ラフを見せていただいては喜び、完成したイラストを見せていただいてはうっとりと、また大変おいしい思いをさせていただきました。ここのところずっと原稿の上がりが遅くて、大変申し訳ありません。本当に、どうもありがとうございました。

制作と編集を担当していただいた皆様にも、今回は特にいろいろとご迷惑をおかけしてしまいました。すみませんでした。だめだめな私をずっと励まし、フォローしてくださいまして、ありがとうございます。この本が無事出ましたのも、関わっていただきました方々のおかげだと感謝しています。今後も何かとお世話になるかと思いますが、どうぞよろしくお願いします。

次回読者の皆様とお目にかかれるのは、初夏頃の予定です。たぶんスラッシュの方になるのではないかと思います。またがんばりますので、書店等で見かけられましたら手に取ってみてやってください。

ご意見・ご感想等、いつでもお待ちしております。

それではこのへんで失礼致します。

遠野春日拝

◆初出一覧◆
告白は花束に託して　　　　　　　／書き下ろし
チャイニーズ・レストランの夜　　／書き下ろし

BBN
B•BOY NOVELS

ビーボーイノベルズ既刊 大好評発売中！

書店にない時は、書店に注文、または通販でGETしてね！

華火《はなび》咲《さ》いた！

NOVEL 剛《ごう》しいら
CUT 寿《ことぶき》たらこ

新人花火師の星次郎が熱く心を寄せる年上の若旦那・染矢。しかしある日、染矢の元恋人で星次郎の兄、貴一が九年ぶりに現れた！

それぞれの想いが交錯する中、今年も隅田川の花火大会が開かれる。「おまえを愛しているのは俺だ！」星次郎の激情を託した花火が今、咲き誇る――！

剛しいら、渾身のオール書き下ろし！

完璧《かんぺき》プロフェッサーの愛《あい》の方程式《ほうていしき》

NOVEL 水《みず》島《しま》忍《しのぶ》
CUT 日輪《ひまわり》早《そう》夜《や》

恋人は超有名人――!? 夏休み、海の家でバイトする高校生の広夢が出会った、美貌の青年・上原。知り合ったばかりなのに、好きって言われていっぱいHも(〃)されちゃって… ちょっと強引だけど、俺も愛してるっ！ けれど実は彼、助教授で作家という超有名人！ オレは貴方に釣り合うの!?

激甘H♥たっぷりでオール書き下ろし！

ヒ・ミ・ツの学生牢《がくせいろう》

NOVEL 斑鳩《いかるが》サハラ
CUT こうじま奈月《なづき》

高～い偏差値と品の良さが売りの名門校に編入した細雪の天敵…それは風紀に異常に厳しい生徒会長・桜京院静音だっ!! エラそうな態度の桜京院を罠に嵌めるべく彼の教室に忍び込んだ細雪だが、あえなく見つかって怖～いウワサのある部屋に閉じこめられそうになり…!?

ヒミツのお仕置き学園ラブ、書き下ろしを加えて登場♥

小説ビーボーイ
月刊
b-boy
ボーイズラブが100倍楽しいスペシャル企画!
甘くときめくラブを超豪華執筆陣でお届け♥
イラスト★円陣闇丸
ラブがいっぱい!! 読み切り充実マガジン♥
ノベルズなどの最新ニュースGET♥
永久保存の美麗ピンナップ&ポストカード!!
イラスト★蓮川愛
イラスト★こうじま奈月
毎月14日発売
定価680円(税込)
A5サイズ
BIBLOS

大人の濃密愛とH満載のMEN'Sマガジン
熱い愛撫に想いは熟れて――オールよみきり！
BEaST'S LINE-UP!
♠アダルトMEN'Sノベル＆コミック
♠読者投稿ショート小説劇場
♠フルカラーで、旬のHOT MENをピックアップ！
アーティスト・フラッシュ
♠大人気イラストレーターによる豪華PIN-UP＆CARD
…………etc.
イラスト：鹿乃しうこ
『小説BEaST』は、
甘く熱く求めあう男たちの恋を濃縮した、
恋愛小説マガジンです。毎号オール
よみきり＆豪華執筆陣で貴女に贈ります！
季刊 小説ビースト
季刊　A5サイズ　定価750円（税込）
BIBLOS
BEaST
Spring → 4/24発売
Summer → 7/24発売
Autumn → 10/24発売
Winter → 1/24発売

ビブロス小説新人大賞

「このお話、みんなに読んでもらいたい！」

そんなあなたの夢、叶えてみませんか？


小説b-Boy、小説BEaSTにふさわしい小説を大募集します！

優秀な作品は、小説b-Boyや小説BEaSTで掲載、またはノベルズ化の可能性あり♡　また、努力賞以上の入賞者には、担当編集がついて個別指導します。あなたの情熱と新しい感性でしか書けない、楽しい小説をお待ちしてます!!

募集要項

作品内容

小説b-Boy、小説BEaSTにふさわしい、商業誌未発表のオリジナル作品。

資格

年齢性別プロアマ問いません。

応募のきまり

- 応募には小説b-Boy・小説BEaST掲載の応募カード（コピー可）が必要です。必要事項を記入の上、原稿の最終ページに貼って応募してください。
- 〆切は、年2回です。年によって〆切日が違います。必ず小説b-Boy・小説BEaSTの「ビブロス小説新人大賞のお知らせ」でご確認ください。
- その他注意事項はすべて、小説b-Boy・小説BEaSTの「ビブロス小説新人大賞のお知らせ」をご覧ください。

注意

- 入賞作品の出版権は、株式会社ビブロスに帰属いたします。
- 二重投稿は、堅くお断りいたします。

ビーボーイノベルズをお買い上げいただきありがとうございます。
この本を読んでのご意見・ご感想をお待ちしております。

〒162-0825 東京都新宿区神楽坂6-46
ローベル神楽坂ビル7階
㈱ビブロス内
BBN編集部

BBN B●BOY NOVELS

告白は花束に託して

2005年2月20日 第1刷発行
著者――遠野春日
発行者――牧 歳子
発行所――株式会社 ビブロス
〒162-0825
東京都新宿区神楽坂6-16-7FNビル3F
営業 電話03(3235)0333 FAX03(3235)0510
編集 電話03(3235)7806
振替 00150-0-360377
印刷・製本――図書印刷株式会社
Printed in Japan
ISBN 4-8352-1702-0